Christian Weber

Kunz und Morta – Eine Prinzenraubgeschichte
in fünf Akten

Christian Weber

Kunz und Morta

Eine Prinzenraubgeschichte
in fünf Akten

Dieses Buch ist auch als E-Book erhältlich.

Bibliografische Information der Deutschen Nationalbibliothek:
Die Deutsche Nationalbibliothek verzeichnet diese Publikation
in der Deutschen Nationalbibliografie; detaillierte bibliografische Daten sind im Internet über dnb.dnb.de abrufbar.

Die automatisierte Analyse des Werkes, um daraus Informatio-
nen insbesondere über Muster, Trends und Korrelationen gemäß
§44b UrhG („Text und Data Mining") zu gewinnen, ist untersagt.

Zweite Fassung.

© 2024 Christian Weber

Verlag: BoD · Books on Demand GmbH, In de Tarpen 42, 22848 Norderstedt
Druck: Libri Plureos GmbH, Friedensallee 273, 22763 Hamburg

ISBN: 978-3-7597-8346-2

Lektorat und Korrektorat: Britta Schöne
Fotos: Andy Drabek

DRAMATIS PERSONAE

KUNZ VON KAUFFUNGEN, Freier Edelknecht, Junker
DER TOD / MORTA
GOTT, als Stimme
KURFÜRST FRIEDRICH, der Sanftmütige
MARGARETHA, seine Gemahlin
FREDERICK,
ERNST,
ALBRECHT, die Prinzen
ANNA,
HEDWIG, die Prinzessinnen
GEORG VON HAUGWITZ, Kanzler Friedrichs
EINSIEDEL, Geheimrat Friedrichs
MATHILDE, Kinderfrau der Prinzen und Prinzessinnen
ACHT (später VIER) KURFÜRSTLICHE GARDISTEN
FRAU VON HONSBERG, Küchenmeisterin
BARTHEL, Küchenjunge
ZWEI KÜCHENHILFEN
FRIEDRICH VON BRANDENBURG,
LUDWIG VON HESSEN,
FRIEDRICH VON BEICHLINGEN, offizielle Berater
HERZOG WILHELM, des Kurfürsten Bruder
HERZOGIN ANNA, seine Gemahlin
EIN DIENER, zu Herzog Wilhelm
EINE ZOFE, zu Herzogin Anna
APEL VITZTHUM,
BUSSO VITZTHUM, Berater Wilhelms
WILHELM VON SCHÖNFELS,
WILHELM VON MOSEN,
SCHWALBE,
SCHWENCZ,
RUSSWORM,
TREBIN, Mitstreiter um Kunz

JOHANN VON CIMBURG, Böhmischer Söldnerführer

ADLIGE / LANDESSTÄNDE

RICHTER des Berggeschworenengerichts zu Freiberg

EIN MEDICUS

ZWEI TORWACHEN

ZWEI BOTEN

ZWEI FREIBERGER STADTWACHEN

HENKER nebst HENKERSKNECHT

EIN GEWÜRZHÄNDLER

KÖHLER SCHMIDT nebst weiteren KÖHLERN

ROSENKRANZ, ein Mönch nebst weiteren MÖNCHEN

KURSÄCHSISCHE SOLDATEN

HAUPTMANN, zu den Kursächsischen Soldaten

BÜRGER in Freiberg

BÖHMISCHE SOLDATEN, zu Cimburg

Morta – Ein Prolog

Er war von Anfang an dabei, der Beender, der Tod. Was entstand, sollte auch irgendwann wieder vergehen. Zunächst war er nur ein notwendiges Werkzeug, damit sich Dinge und Verhältnisse im Universum verändern und Neues an deren Stelle treten konnte. Der Schöpfer hatte den Tod erschaffen, um nicht direkt als er selbst die notwendige Veränderung herbeiführen zu müssen. Es gefiel ihm, diese Funktion in jemandem zu manifestieren und diesen mit einem eigenen Bewusstsein zu versehen. Dem Beender, wie er den Tod anfangs nannte, konnte er jedwede Veränderung, die notwendig geworden war, übertragen. Der Allmächtige hatte sich jedoch nicht nur dieses eine Mal gespalten. Es gab noch eine weitere Entität, die aus ihm hervorgegangen war. Denn wenn die Dinge enden sollten, so wollte er gleichzeitig, dass Jegliches unverloren war. Mehr noch, es sollten keine bloßen Erinnerungen, sondern die Wahrung des Lebens an sich sein. Diese dritte Entität war die Bewahrerin. Später gemeinhin bekannt als die Zeit. Sie nahm alles in sich auf, unauslöschlich. Gott erschuf und die Zeit legte den Verlauf aller Schöpfungen an. Immer wenn etwas endete, konnte sich somit jene Schöpfung selbst erfüllt in ihrer Ganzheit betrachten und betrachtet werden, so diese es wollte. Auch konnten die Erfüllten stets untereinander kommuni-

zieren. Da der Tod vom Schöpfer war, der Quelle des Lebens an sich, bedauerte er es, die Dinge enden zu lassen, die zuvor so wunderbar geschaffen wurden. So ermöglichte Gott ihm Zugang zur ewigen Bewahrerin, der Zeit. Damit war der Schöpfer gleichzeitig eins und zu dritt: Quelle, Bewahrerin und Beender. Das mächtigste Trio im Universum. Äonen funktionierte dies hervorragend. Dann kamen einfachere Lebensformen mit unfassbar kurzen Existenzen. Pflanzen, Tiere, Menschen und andere Herausforderungen auf allen denkbaren Himmelskörpern, in allen denkbaren Varianten. Was auch immer der Schöpfer sich dabei gedacht hatte. Und es wurden immer mehr. Der Allmächtige wollte auch, dass ein gewisser Teil sich zwar veränderte, entwickelte und letztlich beendet wurde, aber dennoch im Kern ursprünglich blieb, so wie er. Gott erschuf somit eine Variante zwischen Leben und Tod, die Seele. Ein ewiger Kern, der in Körpern wohnen und sich sogar als solche definieren konnte, bis diese starben oder zurückgegeben werden mussten. Somit hatten Körperbewohner im Moment ihres Todes nur einen kleinen Teil ihrer selbst abzugeben. Nur, um bald darauf neue Körper mit neuen Möglichkeiten zu bewohnen, um letztlich doch sie selbst zu sein. So traf der Tod dieselben immer wieder. Und eines Tages kam es, dass seine mittlerweile größte Routine, Seelen einzusammeln, immer langweiliger wurde. Am schönsten *dabei war es, die Geschichten dieser Seelen zu erfahren, so diese denn redselig waren, anstatt sie nur aus ihren kurzlebigen Hüllen zu holen und dem Schöpfer zurückzugeben. So redete der Tod mit ihnen und der alte Auftrag wurde wieder interessant. Doch waren die Gespräche arbeitsbedingt kurz. Einfach zu kurz. Das konnte so nicht weitergehen.*

ERSTER AKT

Die Bühne zeigt das Altenburger Schloss an drei Stellen. Im hinteren Bereich ist links ein Holztor mit zwei Flügeln zu sehen, welches für das innere Tor zum Schloss steht. Davor stehen links und rechts zwei Wachen. In der Mitte befindet sich eine zweiflügelige prunkvolle Tür, welche den Zugang zum Haupttrakt (Corps de Logis) des Schlosses darstellt, darüber ein Fenster. Auf der rechten Seite führt eine alte Außentür zur Schlossküche. Ist das linke Tor geöffnet, lässt sich im Hintergrund das Innere des Altenburger Schlosses oder etwas Vergleichbares erkennen. Niemand soll hier ins Dunkel laufen oder daraus erscheinen. So auch, wenn die Flügeltüren in der Mitte geöffnet sind. Hier ist ebenfalls ein gemalter Hintergrund zu sehen, welcher das Corps de Logis oder einen Gang dahin andeutet. Hinter der Küchentür, auf der rechten Seite wird es etwas unscheinbarer. Man erkennt aber, dass sich dahinter der Zugang zu einer größeren Hofküche verbirgt. Der Bereich zwischen den Türen und dem Tor ist als neutrale, leicht verschlissene graue Hofmauer-Ansicht gestaltet, bei der teilweise rankender Efeu zu erkennen ist.

Altenburg, Kursachsen, anno 1445. Der Tod kommt mit der Seele eines Mannes des Weges. Sie bleiben stehen. Die Seele ist die eines einfachen, armen Bauern. Der ganz in Schwarz gehüllte Tod trägt eine Kapuze, durch welche sein Gesicht kaum zu erkennen ist. Er stützt sich auf eine Sense. An einer Schnur um seinen Hals hängt ein kleines weißgraues Horn, welches keine zwanzig Zentimeter misst. Die Seele hatte zuvor dem Tod einiges an Fragen beantwortet und erwartet nun Anweisungen, wie es weitergeht. Doch der Tod ist zögerlich.

TOD. Danke für die Einblicke in dein Leben. Das war höchst interessant für mich. – Jetzt, wo es so weit ist, möchte ich dich gar nicht gehen lassen. Aber so muss es sein, du musst weiter. Der Herr erwartet dich. *Die Seele geht weiter, der Tod seufzt. Die Stimme Gottes ist zu hören.*

GOTT. Mein alter Freund, du zögerst in letzter Zeit immer öfter. Was ist mit dir?

TOD. Ach Schöpfer, so viele Zeitalter diene ich dir schon. Kann es denn nicht jemanden geben, der einmal länger bei mir verbleibt?

GOTT. Länger?

TOD. Länger als Augenblicke, länger als Minuten. Jemand, der mich eine Weile begleiten könnte, jemand zum Reden.

GOTT. Oh, ich verstehe ... denke ich ... Bist du etwa einsam?

TOD. Ja! Ja, so ist es.

GOTT. Nach all den Jahren? Den Zeitaltern und Galaxien? Wirklich? – Nun, ich stelle mir das recht interessant vor, dir jemanden zu lassen ... eine Zeit lang.

TOD. Eine gute Seele, ein aufrechter Charakter, den ich mir auswählen kann.

GOTT. Was würdest du denn mit dem Erwählten alles unternehmen wollen? Wonach steht dir der Sinn?

TOD. Er soll mich begleiten. Ich möchte ihm erzählen, dass die Zeit sein körperlich endendes Ich für immer bewahren wird und was es mit dem Universum auf sich hat, ihn durch die Schöpfung führen und die wichtigsten Zusammenhänge erklären, stundenlange, besser tagelange Gespräche führen. Wenigstens für eine befriedigende Weile. Aber ich müsste ihn natürlich erst einmal fragen und auf Unfassbares vorbereiten.

GOTT. Nun, das hört sich sehr interessant für mich an ... denke ich. Wenn du also eine Seele findest, die bei dir bleiben will, dann sollte dies aber ...

eintausend Jahre nicht überschreiten. Tausend Jahre soll dein Begleiter bei dir bleiben dürfen. Doch, wenn er eher gehen will, musst du ihn gehen lassen.

TOD. Du hast mein Wort. Ich danke dir.

GOTT. Aber als erstes solltest du vielleicht etwas an deinem Erscheinen ändern. Ist nur so ein Gedanke.

TOD. Mein Erscheinen?

GOTT. Die Sense, die Stimme, schwarzer Umhang. So wirst du nie eine Seele für eintausend Jahre bei dir halten.

TOD. Du hast Recht. Immer wirke ich zum Fürchten. Doch soll ich denn nicht so erscheinen, wie man mich auch erwartet? Und die Sense ist schon lange in Mode bei den Menschen.

GOTT. Ja, das ist wahr. Doch liegt der Fall hier etwas anders. Da du einer bestimmten, auserwählten Seele begegnen und dich vorstellen möchtest, die noch dazu bei dir bleiben soll, kannst du dein Aussehen gern selbst gestalten. Wenn es dir hilft, orientiere dich doch an all den Vorstellungen, welche die Menschen bereits von dir hatten. Sieh dir die Geschichte der Erde an. Schau zu den Griechen oder den alten Römern.

TOD. Die alten Römer?

GOTT. Die glaubten, wie auch die Griechen, an die drei Schicksalsgöttinnen, erinnerst du dich?

TOD. Ja, die Parzen ... Drei Schwestern, Töchter des Jupiter. Eine von ihnen war der Tod. Und sie hieß ... Morta.

GOTT. Vom Aussehen her ein junges, schönes Mädchen.

TOD. Ja ...

GOTT. Mal etwas anderes als der Gevatter.

TOD. Ja, das klingt gut. – So sei es! *Der Tod nimmt die Kapuze nach hinten und Mortas schönes Antlitz kommt zum Vorschein. Selbst die Stimme hat sich verändert und ist nun die eines jungen Mädchens.*

MORTA. Besser so?

GOTT. Viel besser.

MORTA. Na, dann ... wollen wir doch mal sehen, wen wir als Weggefährten gewinnen können.

GOTT. Die Sense?

MORTA. Oh ... also, irgendein Werkzeug hatte ich doch immer dabei.

GOTT. Du hast nie wirklich eines gebraucht. Die Macht, die Dinge enden zu lassen, steckt allein in dir.

MORTA. Ich weiß schon, aber die Sense dient mir seit langem auch als Wanderstab und ich habe mich sehr daran gewöhnt. Nun, da brauchen wir wohl etwas anderes. Und die Schere Mortas, so wie es sich die Römer damals vorstellten ... die will ich eigentlich nicht. Aber mein Horn der

Erweckung ... ja, das bleibt. Das gebe ich nicht wieder her. Denn ich bin sehr froh, dass ich es habe. Selbst wenn es nicht zur Ausstattung der römischen Morta gehörte.

GOTT. Das Horn sollst du natürlich behalten. Ich hatte auch nie vor, es dir jemals wieder wegzunehmen.

Das Horn der Erweckung war etwas, dass der Tod seit Anbeginn bei sich trug. Wenn er in dieses Horn blies, wurde etwas Beendetes, ganz gleich wie lange es her sein mochte, wieder in seine vorherige Form zurückgeholt. Ein sehr machtvolles Instrument, welches ihm der Schöpfer als letzten Ausweg geschenkt hatte. Denn es konnte durchaus vorkommen, dass ein Fehler passierte und die falsche Person beendet wurde. Da war es gut, zurückgehen zu können.

Morta betrachtet ihren schwarzen Umhang.

MORTA. Gut, ein neues Gewand muss ich mir noch auswählen. Dafür brauche ich aber eine Weile, jetzt, da ich ein Mädchen bin.

GOTT. Denk daran, du bist immer noch der Tod! Auch wenn du dein für Menschen sichtbares Erscheinungsbild geändert hast.

MORTA. Ja, ich bin schon gespannt, wie der Auserwählte darauf reagieren wird. – Wer auch immer es sei.

Kunz von Kauffungen, Burgvogt des Altenburger Schlosses und bester Freund der kurfürstlichen Prinzen, fechtet mit ihnen im Spiele im Schlosshof. Die Parteien bestehen dabei aus Prinz Albrecht und Kunz gegen Prinz Frederick und Prinz Ernst. Alle benutzen hölzerne Übungsschwerter.

KUNZ. Ha ha. Das werden wir ja noch sehen, Prinz Frederick. Ihr werdet niemals gegen meinen Herrn Albrecht gewinnen, denn sein treuer Knappe Kunz gibt niemals auf!

ALBRECHT. Und wenn es sein muss, wirft er sich sogar für ihn in die Klinge!

KUNZ. Ja genau ... Was mache ich? In die Klinge ... *Kunz ist abgelenkt und bekommt einen leichten Hieb von Ernst.* Au!

FREDERICK. Ihr seid getroffen!

KUNZ. Ich bin getroffen, ich glaub's ja nicht. Ruft den Medicus, ruft den Priester, Kunz von Kauffungen liegt im Sterben! *Kunz geht theatralisch zu Boden.*

FREDERICK. Es lebe das Pleißenland! *Ernst und Frederick stürzen sich auf Kunz. Albrecht lässt sich von der Situation anstecken, wirft sein Holzschwert hin und lässt sich ebenfalls auf Kunz fallen. Alle lachen. Kurz darauf wollen sie sich neu aufstellen.*

ERNST. Jetzt kämpfe ich an Kunzens Seite und ihr seid die Feinde. *Das Tor geht auf, Kurfürst Fried-*

rich und sein Kanzler Haugwitz kommen heraus.

FREDERICK *stolz.* Vater, wir haben Kunz besiegt!

FRIEDRICH. Aha. Sehr schön. *Tätschelt Ernst am Kopf.* Ja, das sehe ich mir alles später an, hm? – Kunz!

KUNZ. Mein Fürst?

FRIEDRICH. Die neue Fassade ist wohl beschädigt worden, der Sturm gestern Nacht. Kümmert Euch darum, dass das schnellstens behoben wird.

KUNZ. Ja, Hoheit.

FRIEDRICH. Und Kunz, es eilt! Mein Bruder, der Herzog, kommt schon morgen!

KUNZ. Ja, Hoheit! *Kunz macht sich eilig auf den Weg. Die Prinzen gehen enttäuscht zurück ins Schloss.*

FRIEDRICH *zu Haugwitz.* Die Aufteilung unserer Ländereien wird ohnehin kein Vergnügen für Wilhelm. Da will ich nicht, dass er noch Gelegenheit erhält, mir bauliche Mängel am Residenzschloss aufzuzeigen.

HAUGWITZ. Natürlich nicht, Hoheit. *Als Friedrich zurück gehen will, erblickt Haugwitz einige Personen, die sich dem Schlosshof nähern.* Oh ... Hoheit, ich glaube da kommt er wohl bereits! – Ist es nicht Euer Bruder, der Herzog? *Herzog Wilhelm, nebst Gefolge kommt nun ins Bild.*

FRIEDRICH *kommt seufzend zurück und wartet, bis Herzog Wilhelm nah genug ist.* Mein Bruder.

WILHELM *frohen Mutes.* Mein Bruder.

FRIEDRICH. Wolltest du nicht … morgen kommen?

WILHELM. Ach, weißt du, ich habe mir gedacht, das gibt mir die Gelegenheit, alle angemessen zu begrüßen. Morgen ist sicher keine Zeit dafür. Wann treffen eigentlich deine Vermittler ein?

FRIEDRICH. Die Vermittler? Frühestens heute Abend, also Geheimrat von Einsiedel. Haugwitz, mein Kanzler, ist natürlich schon da.

WILHELM. Natürlich. *Druckst etwas.* Ich weiß, das wird dich jetzt verwirren, aber … ich habe ebenfalls Vermittler dabei.

FRIEDRICH *wird ernst.* Du hast was?

WILHELM. Weißt du, ich kenne dich einfach zu gut, Friedrich. Und die Leipziger Stände wohl auch, denn sie teilen meine Sorgen. Sie haben uns daher drei Schiedsmänner mitgegeben.

FRIEDRICH. Das kann unmöglich dein Ernst sein. Was brauchen wir denn Schiedsmänner? Wir haben doch Berater!

WILHELM. Ja, deine Berater! Ich habe welche, die ausnahmsweise mal nicht von dir instruiert wurden, Bruder.

FRIEDRICH *erzürnt.* Wer?!

WILHELM. Werde nicht gleich zornig, unsere Schwäger sind auch dabei. *Wilhelm zeigt hinter sich.* Ich will nur sichergehen, dass hier gerecht geteilt wird … Bruder. *Drei hohe Herren kommen nun in Sichtweite Friedrichs, welcher kurzsichtig ist.*

FRIEDRICH *seufzt, jedoch zynisch.* Meine Herren! Welch eine ... Freude! *Friedrich erkennt zunächst beide Schwäger: Friedrich von Brandenburg und Ludwig von Hessen – im Gegensatz zu Brandenburg mag er von Hessen nicht sonderlich und ist daher auch nicht erfreut. Friedrich wähnt sich ob dieses unverhofften Familientreffens dennoch siegessicher und geht auf Brandenburg zu.* Friedrich, teurer Schwager. Also, dass man Euch schickt, beruhigt ungemein. – Meine Schwester?

BRANDENBURG. Eure jüngere Schwester wäre beinahe mitgekommen, aber irgendwer muss doch bei uns im Brandenburgischen nach dem Rechten sehen. Und das vermag sie bald besser als ich. *Beide lachen. Friedrich nickt zufrieden und wendet sich nun von Hessen zu. Wilhelms Lächeln dagegen weicht einem neutralen Gesichtsausdruck.*

HESSEN. Gott zum Gruß, mein Sachsen-Friedrich und beste Grüße aus Hessen von Eurer älteren Schwester.

FRIEDRICH *atmet kurz durch.* Ludwig ... Ihr seid tatsächlich hier.

HESSEN. Tja, ich wurde bestellt. Außerdem hat mich Barbarossas Residenz schon lange gereizt.

FRIEDRICH. Tja! Und jetzt ist es meine Residenz! *Hessen kann diese Reaktion nicht recht deuten, weiß aber, dass zwischen ihm und dem Kurfürsten*

Spannungen bestehen, und geht mit aufgesetztem Lächeln weiter. Schließlich tritt der dritte Herr vor, welcher Friedrich noch unbekannt ist.

BEICHLINGEN. Friedrich von Beichlingen, im Auftrag der heiligen Kirche ...

FRIEDRICH *kann sich nicht beherrschen und lacht Wilhelm zu.* Noch ein Friedrich? Na, du musst es ja wissen. *Von Beichlingen findet das gar nicht spaßig. Allein diese Unverschämtheit, dass der Kurfürst nicht ihn, sondern den Herzog anspricht. Es wird über ihn gescherzt, als sei er nicht persönlich anwesend.*

BEICHLINGEN. Die Kirche will mich als Geistlichen dabei wissen, offiziell bin ich als Erzbischof hier! *Friedrich bemerkt dessen Tonfall.*

FRIEDRICH. Exzellenz ... *Doch von Beichlingen lässt sich damit nicht abspeisen. Er streckt dem Kurfürsten demonstrativ die Hand mit seinem Pontifikalring entgegen, als dieser bereits abgehen will. Friedrich stutzt und erkennt am Gesichtsausdruck seiner Schwäger und seines Bruders, dass man von ihm verlangt, die Kirche und ihren Vertreter angemessen zu respektieren. Widerwillig küsst er den Ring. Für Friedrich eine Demütigung. Erbost geht er an seinem Bruder vorbei. Stets den Augenkontakt zu ihm haltend, herrscht er ihn an.* Waren das jetzt alle?! *Wilhelm kann sich ein Lächeln nicht verkneifen. Vergnügt folgt er Friedrich*

19

ins Schloss. Alle anderen folgen ihm nach.

Die Prinzen kommen aus dem Schloss gelaufen. Sie fechten wieder mit hölzernen Übungsschwertern.

ALBRECHT. Mit Holzschwertern kann ich mittlerweile ganz gut kämpfen.

ERNST. Ja, aber der Sinn ist es, diese Dinger eines Tages nicht mehr zu benutzen.

FREDERICK. Wir werden auf keinen Fall richtige Waffen verwenden! Vater würde das niemals gutheißen und Mutter würde krank vor Sorge.

ERNST. Vielleicht, wenn Kunz wieder Zeit hat. Er lässt uns bestimmt mit echten Schwertern üben.

FREDERICK. Hast du mir nicht zugehört? Wir dürfen uns nicht verletzen!

ERNST. Vater hat doch selbst ein richtiges Schwert.

FREDERICK. Das ist das Kurschwert, eine symbolische Waffe.

ALBRECHT. Ach, ich kann dich auch hiermit hervorragend angreifen. Prinz Ernst von Wettin, verteidigt Euch! *Er greift Ernst spielerisch an, sie fechten.* Na, wie ist das, mit einem wurmstichigen, krummen Ast zu kämpfen? *Ernst wird dadurch unaufmerksam und kann einem leichten Hieb nicht entgehen.*

ERNST. Au! *Das Fechten kommt kurz zum Stillstand.*

FREDERICK. Du gehst seinen Worten viel zu leicht auf

den Leim. Kunz sagt immer, niemals provozieren lassen, immer einen ruhigen Kopf bewahren.

ERNST. Na, dann, versuch du doch mal, ihn in Ruhe abzuwehren. *Ernst tritt zurück und übergibt seine Rolle an Frederick.*

ALBRECHT. Der zweite Prinz schwächelt offenbar, der Thronfolger vielleicht auch? Na, kommt schon. *Frederick lässt sich nicht provozieren und schlägt Albrecht das Holzschwert mit nur einem Hau aus der Hand.*

FREDERICK. Sich nicht provozieren zu lassen ist auf jeden Fall ein guter Rat. Aber sich selbst sollte man dabei auch nicht überschätzen. *Prinzessin Anna kommt applaudierend hinzu.*

ANNA. Übermut wird schwach belohnt, Prinz Albrecht. Aber wenn er sich noch etwas zu zügeln lernt, wird er sicher einmal ein beherzter Gegner. *Streichelt Albrecht über den Kopf. Die Kinderfrau erscheint.*

KINDERFRAU. Meine Hoheiten, das Essen steht an. *Alle wollen gehen.* Ihr nicht, Prinzessin Anna, die Mutter möchte Euch in einer wichtigen Angelegenheit sprechen.

ANNA. Was? Worum geht es? Ihr müsst es mir sagen!

KINDERFRAU. Sie möchte ein Essen allein mit Euch, worum es dann im Gespräch geht, weiß ich leider nicht. *Geht näher an Anna heran, flüstert.* Aber ich glaube, ein hoher Herr korrespondiert mit

Eurer Mutter. Sie hat da einen bestimmten Brief, den sie immer wieder liest. Womöglich hält wieder jemand um Eure Hand an.

ANNA *macht große Augen.* Wer?

KINDERFRAU *weiter leise.* Das weiß ich wirklich nicht, Hoheit. Habt nur keine Angst, redet mit ihr. *Mit gemischten Gefühlen geht Anna zurück, die Kinderfrau hinterher.*

Das Tor fliegt auf, die Wachen erschrecken. Herzog Wilhelm kommt raschen Schrittes aus dem Schloss. Er ist wütend. Friedrich läuft ihm hinterher.

FRIEDRICH. Wilhelm.

WILHELM. Das war so nicht ausgemacht! Und das weißt du!

FRIEDRICH. Wilhelm!

WILHELM. Du weißt genau, welches Land, welche Städte mir wichtig sind. Aber das hat dich ja noch nie interessiert, was mir wichtig ist! Ich bin ja nur der Kleine, der Viertgeborene!

FRIEDRICH. Du erhältst wesentlich mehr, als Sigismund zustehen würde! Und er ist der Zweitgeborene! Und was würdest du eigentlich machen, wenn unser Heinrich noch lebte? Der käme auch noch vor dir!

WILHELM *geht kurz in sich. Heinrich ist ein wunder Punkt. Er lebt aber nicht mehr. – Und Sigismund?*

Er hat doch ohnehin auf alles verzichtet! Soll uns bloß in Ruhe lassen, dieser Verrückte!

FRIEDRICH. Der wird Rochlitz nicht mehr verlassen, dafür habe ich gesorgt. Aber weißt du, so verrückt unser Bruder derweilen auch ist, seine Bescheidenheit ist legendär ... könntest dir ruhig ein Beispiel nehmen.

WILHELM. Ach, du meinst so wie du?

FRIEDRICH *laut.* Ich bin der Erstgeborene! Und das Recht! Und die Macht! Und ...

WILHELM. ... und die Herrlichkeit in Ewigkeit, amen!

FRIEDRICH. Treib es nur nicht zu weit, ich warne dich!

WILHELM. Thüringen gehört mir. Ich bin Thüringen, nicht du!

FRIEDRICH. Das kannst du vergessen. Entweder regierst du mit mir gemeinsam oder überhaupt nicht!

WILHELM *wird ruhiger, lächelt.* Das habe ich mir schon gedacht. Seit dem Beschluss hast du dich nicht mehr zu Thüringen geäußert ... Wie dem auch sei, ich bin jetzt der Landgraf von Thüringen, vergiss das nicht! Und der König wird dies noch bestätigen.

FRIEDRICH *lässt es gut sein und knüpft an ein früheres Gespräch an, seufzt.* – Was ist jetzt mit Freiberg? Die Münze?

WILHELM. Damit muss ich wohl leben, Bruder. Wir

werden halt gemeinsam Münzen schlagen. Immerhin, so hätt's der Vater gewollt, nicht wahr? *Wilhelm geht ein paar Schritte.* Ich muss jetzt zurück nach Weimar und zu meinen Räten. Hab noch einen schönen Tag, Bruder. *Wilhelm geht entschlossen ab. Sein Diener, welcher in der Zwischenzeit bereits alles reisefertig gemacht hat, eilt ihm mit Sack und Pack hinterher. Friedrich ruft Wilhelm laut nach.*

FRIEDRICH. Deine Räte? Die Vitzthume? Du weißt schon, dass wir denen nicht mehr trauen können? *Wilhelm antwortet nicht mehr und geht. Friedrich winkt daraufhin desinteressiert ab. Die Vermittler haben das Gespräch zwischen Friedrich und seinem Bruder abgewartet und wenden sich ihm nun zu.*

HESSEN. Wir müssen jetzt erst einmal schauen, was der König zu diesem Ergebnis sagt. Wenn er es bestätigt …

FRIEDRICH. … dann helfe uns Gott.

HESSEN. Bitte?

FRIEDRICH. Wilhelm wird nicht aufgeben, bis er jedes Kloster auf seiner Seite hat … Ich kenne ihn. Thüringen ist lange noch nicht da, wo er es sieht. *Damit geht Friedrich zurück ins Schloss.*

HESSEN. Das wird nicht gut enden, oder?

BRANDENBURG. Das ist zu befürchten. Erst kürzlich schrieb mir Friedrich, dass seinen jüngsten Bruder eine gewisse Unnachgiebigkeit auszeichnet.

HESSEN. Haben wir versagt?

BEICHLINGEN. Oh nein, meine Herren. Wir sind nur noch nicht fertig. Warten wir ab, was der König dazu sagt und welche Schritte dann Herzog Wilhelm unternimmt. *Die Vermittler gehen zurück.*

Die junge Prinzessin Hedwig kommt mit einem Holzschwert in der Hand, gefolgt von ihrem Bruder Prinz Ernst.

ERNST. Was rennst du über den ganzen Hof? Siehst aus wie ein Kerl! Frederick wird sein Schwert schon vermissen.

HEDWIG. Und wieso hast du dein Schwert nicht mitgenommen? Da musst du nun leider, leider ohne kämpfen. *Hedwig setzt ihrem Bruder die Holzklinge auf die Brust.* Jetzt bist du tot!

ERNST. Ich will überhaupt nicht mit dir kämpfen! Du bist ein Mädchen und benimmst dich andauernd unschicklich. Die Mutter macht sich deinetwegen immerzu Sorgen!

HEDWIG *senkt das Schwert, verdreht den Kopf.* Du hast doch nur Angst. Immerhin kämpfe ich im Namen des Herrn. Genau wie Johanna von Orleans! *Sie kämpft zur Schau in der Luft.*

ERNST. Bist du verrückt? Die hat man hingerichtet! Willst du vielleicht auf dem Scheiterhaufen enden?

HEDWIG. Sie war eine Heldin! Außerdem sind wir von Adel, uns richtet niemand hin. *Die anderen Prinzen kommen hinzu, voran Frederick, der sein Übungsschwert sucht. Er bleibt mit verschränkten Armen vor Hedwig stehen.*

FREDERICK. Da hat doch schon wieder eine gewisse Prinzessin, ich sag nicht wer, mein Holzschwert gestohlen!

HEDWIG. Ich hab's nicht gestohlen, es lag an der Mauer.

FREDERICK. Dort hatte ich es ja auch abgelegt. Aber jetzt wollen wir fechten.

HEDWIG. Kunz hat bestimmt nichts dagegen, wenn ich mitfechte.

FREDERICK. Das ist nicht der Punkt.

HEDWIG. Kunz ist nett, du nicht!

FREDERICK *streckt seine Hand aus.* Mein Schwert!

HEDWIG. Ach, nie darf ich mitspielen! *Reicht Frederick trotzig das Holzschwert.*

FREDERICK. Du bist eine Prinzessin! Und Prinzessinnen kämpfen nicht mit Schwertern, auch nicht mit Holzschwertern.

ERNST. Prinzessinnen heiraten hohe Herren. Nimm dir ein Beispiel an unserer Schwester Anna. Sie wird bald glücklich verheiratet in Brandenburg sein. *Das Tor geht auf, Prinzessin Anna kommt schluchzend herausgerannt und läuft aus dem Schloss. Die Kinderfrau erscheint, ruft ihr nach.*

KINDERFRAU. Prinzessin Anna! Prinzessin! *Kurfürstin Margaretha erscheint ebenfalls.* Ich geh ihr nach, Hoheit.

MARGARETHA. Nein, lasst sie, sie kommt schon wieder. Dies war ja nicht der erste Heiratsantrag. *Beide Frauen gehen zurück. Hedwig sieht ihre Brüder entschlossen an.*

HEDWIG. Ich sag's euch! Ich werde nie so einen Mann heiraten! Nichts als Tränen und dicke Bäuche! *Hedwig geht entschlossen ab. Kunz, der alles mitbekommen hat, kommt hinzu.*

KUNZ. Meine hohen Herren, Ihr solltet Prinzessin Hedwig besser nicht ärgern. Eines Tages ist sie vielleicht wirklich die neue Johanna von Orleans! *Diese Äußerung von Kunz erstaunt die Prinzen. Ihre Münder stehen offen.* – Wollen wir noch etwas üben?

ALLE PRINZEN. Ja!

KUNZ. Ich habe hinten auf dem Platz einen Strohmann aufgebaut.

FREDERICK. Da können wir das Zustechen üben! *Alle Prinzen rennen daraufhin ab. Kunz folgt ihnen.*

Zwei Küchenhilfen bringen Kräuter und Gemüse aus dem Garten. Auf dem Wege zur Küche teilt einer der beiden seine Gedanken, während der andere nur brummend zustimmt.

KÜCHENHILFEN. So weit, so gut. Ich hoffe nur, Barthel

hat auf dem Markt dieses merkwürdige neue Gewürz bekommen. Und wenn nicht, machen wir halt alles wie immer.

Hm.

Letztens hat er vier Stunden gebraucht, die Honsberg war am Durchdrehen! Ich kann nur hoffen, dass er heute eher zurück ist.

Hm.

Hoffentlich wird er nicht noch ausgeraubt. Normalerweise würde ich auch mitgehen, aber jemand muss ja auf dich aufpassen, du Tunichtgut!

Hm.

Na, jetzt sind wir ja da. *Die beiden verschwinden hinter der Küchentür.*

Prinzessin Anna kommt mit Barthel des Weges, den sie auf dem Rückweg zum Schloss kennengelernt hat. Sie gehen bis zur Küchentür. Bis dahin weiß Barthel noch nicht, dass es die Prinzessin ist.

ANNA. Und, wie ist das Leben so als Küchenjunge? Musst du viel am heißen Topf stehen?

BARTHEL. Ach, nur wenn ich die Butter schmelze. Eigentlich bin ich eher ein Bäcker. Wenn es um Kuchen und Torten geht, bin ich der Mann, der dem Kurfürsten seine Geburtstagstorte anrichtet.

ANNA. Oh ja, die liebt er, das weiß ich. *Überlegt ein wenig.* Barthel ... das ist die Kurzform von Bartholomäus.

BARTHEL. Ja, das stimmt. Aber alle rufen mich nur Barthel. Ist mir auch lieber so, ich bin doch kein Apostel. *Beide lachen.* Und du ... dienst im Schloss direkt bei den Prinzessinnen und der Kurfürstin?

ANNA. Ach ... das kann man so nicht sagen. Ich bin ... einfach nur im Schloss. *Die Küchentür öffnet sich und Küchenmeisterin Honsberg nebst Küchenhilfen kommt heraus.*

HONSBERG *sich auf Barthel beziehend.* Da bist du ja. Wird langsam Zeit, die Oblaten gehen zur Neige. Du musst heute noch neue machen. *Bemerkt jetzt erst Anna.* Oh, Hoheit! *Verbeugt sich.* Prinzessin Anna. *Anna geht langsam in Richtung Tor, dabei jedoch immer wieder verschmitzt zu Barthel blickend.*

BARTHEL *steht der Mund offen.* Prinzessin? Anna ...? Prinzessin ...

HONSBERG *stößt Barthel.* Hilfst du beim Ausladen, oder?

BARTHEL *kann es noch immer nicht fassen.* Prinzessin ...

HONSBERG. Hörst du, hier spielt die Musik!

BARTHEL. Ja ... Ja, ich komme ... Prinzessin ... *Der Wagen ist mittlerweile leer.*

HONSBERG. Ich bringe den Wagen weg. Geh du hinein und mach Oblaten, na los!

BARTHEL. Ja, ja, natürlich ... Prinzessin.

Das Bühnenbild steht jetzt für Altenburg auf der linken und Schloss Weimar auf der rechten Seite. Herzog Wilhelm kommt aus der prunkvollen Tür, die Vitzthume links und rechts neben ihm im Schlepptau. Sie reden beschwörend auf ihn ein. Ein Diener erscheint ebenfalls und wartet etwas abseits. Er trägt einen Stuhl bei sich.

WILHELM. ... Ich verstehe.

APEL. Wenn die Gerüchte weiter angeheizt würden, Hoheit, dann fiele es den meisten Ständen immer schwerer, Friedrich zu folgen.

BUSSO. Er würde immer unglaubwürdiger, sein Ansehen würde fallen und auf wen wird die Welt dann wohl sehnsuchtsvoll blicken? *Legt die Hand auf Wilhelms Schulter.*

APEL. Wem vertrauen die Edlen ohnehin bereits mehr? *Berührt Wilhelm an der anderen Schulter.*

BUSSO. Ihr seid es.

APEL. Ihr seid es.

BUSSO. Seid es immer gewesen.

APEL. Werdet es immer sein.

BUSSO. Mit unserer Hilfe könntet Ihr ihn sogar absetzen lassen!

APEL. Er hätte niemals Kurfürst werden dürfen ... *Wilhelm wird es zu viel, er wird laut.*

WILHELM. Ach, seid endlich still! *Beide Vitzthume erschrecken und weichen leicht zurück.*

APEL *beschwichtigend.* Hoheit, wir wollen doch ...

BUSSO. ... nur das Beste, Hoheit! Euer Wohlergehen ...

APEL. Euer Glück!

BUSSO. Euer Glück liegt uns am Herzen!

APEL. Wir wollen nur Euer Glück!

WILHELM. Friedrich zu stürzen, ist vollkommen ab-
surd! Er ist nun mal der Erstgeborene und daran können wir nichts ändern. Selbst, wenn es
uns gelänge, Friedrich zu diskreditieren, holt der
König eher noch meinen Bruder Sigismund zurück!

BUSSO. Dies wäre eine schreckliche Entscheidung
des Königs.

APEL. Furchtbar.

WILHELM. Ach ja? Wie war das damals noch? Wer
hatte Sigismund zum Verrat gegen seine Brüder
ermutigt? Der Name Vitzthum war doch da auch
irgendwo mit gefallen. *Die Vitzthume blicken sich
erschrocken an.*

BUSSO. Das waren wir nicht!

APEL. Das waren wir nicht!

BUSSO. Das waren Vettern von uns, entfernte Vettern.

APEL. Ja, ganz entfernte!

BUSSO. Wir würden doch nie ...

APEL. Niemals würden wir Eurer Hoheit so etwas ...

BUSSO. Niemals!

APEL. Wir sind nicht wie diese weit entfernten Vettern.

BUSSO. Wir sind stets auf Eurer Seite.

APEL. Wir wissen, was es heißt, die eigenen Leute zu ächten.

BUSSO. Und Ihr ... *vorsichtig* ... wisst dies ja auch.

WILHELM. Sigismund wegzusperren war eine Notwendigkeit. Da hat Friedrich mal was Gutes getan.

APEL. Und wir haben unsere Vettern ...

BUSSO. Entfernte Vettern.

APEL. Ja, sehr weit entfernte Vettern ...

BUSSO. Wir haben diese ebenfalls ... *muss überlegen wir ...*

APEL. Wir haben sie nach Böhmen gejagt!

BUSSO. Ja, genau, nach Böhmen verjagt!

Wilhelm ist fast schon amüsiert, um die Verlegenheit der Vitzthume.

WILHELM. Und ich dachte, diese weit, weit entfernten Vettern stammten bereits aus Böhmen.

APEL. Wir ... haben dafür gesorgt, dass sie niemals wieder ...

BUSSO. ... einen Fuß auf thüringischen oder sächsischen Boden setzen können!

APEL *ungläubig, leise zu Busso.* Haben wir? *Busso sieht ihn fordernd an.* Haben wir!

WILHELM *seufzt.* Ansprüche aus dem Erbe meines Vaters herauszukitzeln ist etwas, dass ich dem König nochmals vorbringen müsste. Er ist der Einzige, der Friedrich dahingehend noch irgend-

wie beeinflussen kann. Aber es ermüdet mich …
Neue Ländereien würden mich reizen … außerhalb Kursachsens … irgendetwas, das Friedrich nicht kontrollieren kann.

APEL *überlegt laut.* Nun ja … wenn Ihr Euch vermählen würdet, Hoheit.

BUSSO. Ja, eine Hochzeit.

APEL *zu Busso.* Aber mit wem?

BUSSO *zu Apel.* Wer hat das richtige Land und den Einfluss?

APEL. Vielleicht, wenn Eure Hoheit einen Ball geben würden?

BUSSO. Auf den einflussreiche Herrschaften eingeladen wären.

APEL. Sehr einflussreiche.

BUSSO. Einflussreiche, einsame Damen.

APEL. Unverheiratete Damen.

BUSSO. Damen aus hohen Häusern.

APEL. Habsburger Damen vielleicht?

WILHELM *lächelt.* Das ist der erste gute Rat, den ich heute von Euch höre. Eine Heirat, eine hervorragende Idee. Hätte fast von mir sein können. Genauso machen wir's!

APEL *freut sich aufatmend.* Oh, mein Herzog!

BUSSO. Mein Herzog! *Busso winkt den Diener heran, welcher einen bequemen Stuhl dabeihat. Busso nimmt den Stuhl entgegen und stellt ihn hinter Wilhelm auf.*

APEL *holt ein großformatiges Buch hervor.* Zufällig, Hoheit, ganz zufällig haben wir hier die aktuelle Ausgabe …

BUSSO. … aller unverheirateten Prinzen und Prinzessinnen des gesamten Römisch-Deutschen Kaiserreichs …

APEL. … im Überblick! *Der Herzog setzt sich. Alle sehen interessiert in das große Buch, zeigen hin und wieder auf ein Bild darin und Wilhelm wiegt dabei seinen Kopf immer wieder wertend, bis sich schließlich alle drei einig sind und sie jemanden ausgewählt haben. Auf der linken Bühnenseite erscheint unterdessen Friedrich mit einem Becher Wein. Er ist in Gedanken und geht leicht auf und ab.*

BUSSO. Wir empfehlen als Hochzeitstag den zwanzigsten Juni.

APEL. Auf jeden Fall! – Ich meine, ein wunderbares Datum, Hoheit.

WILHELM. Warum genau an jenem Tag?

APEL. Ja, weil … weil …

BUSSO. Da steht Mars im zehnten Haus, Hoheit. Besser geht es wirklich nicht.

APEL. Die Sterne lügen nicht, Hoheit.

WILHELM. Ach so … na ja … wie Ihr meint. *Der Diener wird erneut herangerufen und ihm eine Nachricht übergeben, die Wilhelm zuvor noch unterschreibt. Die Feder dazu reichen ihm die*

*Vitzthume, die sie ganz zufällig bei sich haben.
Der Diener geht mit der Nachricht ab. Ein Bote
kommt später hinter der Bühne hervor und geht
„hinüber" zu Friedrich.* Ebenso zufällig haben die
Vitzthume eine Karte mit den Ländereien der
Auserwählten bei sich, welche sie zufrieden stu-
dieren und hin und wieder darauf zeigen (es
wird stumm gestikuliert) bis schließlich eine Antwort Friedrichs eintrifft. Linke Seite der Bühne:
Altenburg. Haugwitz erscheint und hat einen Brief
des Königs dabei. Bald darauf kommt der Bote aus
Weimar mit der Hochzeitseinladung von Wilhelm.*

HAUGWITZ. Mein Fürst, ein Brief ... vom König! *Überreicht ihn Friedrich.*

FRIEDRICH *riecht an der Rolle.* Zweifellos. *Öffnet und
liest, verdreht den Kopf, seufzt leicht.* Der König
hat Wilhelms Ansprüche bestätigt. Der ursprüng-
liche Teilungsentwurf ist hiermit endgültig! –
Was steht heute sonst noch an? *Doch Haugwitz
hat gar keine Zeit, darauf zu antworten, da der
Bote aus Weimar jetzt da ist. Haugwitz nimmt
dessen Schriftrolle entgegen.*

HAUGWITZ. Wohl etwas Eiliges, Hoheit. *Übergibt sie
Friedrich, welcher bereits am Siegel erkennt, dass
sie von Wilhelm ist.*

FRIEDRICH. Wenn man vom Teufel spricht. *Friedrich
öffnet die Rolle und liest.* Er will heiraten.

HAUGWITZ. Der Teufel?

FRIEDRICH. Wilhelm.

HAUGWITZ. Oh, und wen, wenn Ihr die Frage gestattet?

FRIEDRICH. Anna von Österreich, eine Habsburgerin.

HAUGWITZ. Ist sie womöglich eine Schwester unserer Fürstin?

FRIEDRICH. Nein, aber aus demselben Haus. *Liest weiter.* ,Mit großem Prunk zu Jena, am 20. Juni'. *Überlegt.* Hm.

HAUGWITZ. Der zwanzigste Juni? Da sind wir doch in Leipzig, wegen der Vitzthume.

FRIEDRICH. Ja, da halten wir Landtag gegen diese ... Intriganten. Ich frage mich, wer das Hochzeitsdatum gewählt hat, die Vitzhume oder er? – Er wird kochen vor Wut, aber ich werde alles daransetzen, dieses Geschwür zu vertreiben. Da kann er heiraten, wann und wen er will! – Wir antworten. *Der Kanzler nimmt die Feder und ein frisches Blatt Papier und wartet auf Friedrichs Diktat.* Mein Bruder! Offenbar ist dir die Umtriebigkeit der Vitzthume noch immer nicht bewusst, oder du ignorierst das. Doch nimm bitte zur Kenntnis, dass wir beabsichtigen, deine geliebten Ohrenbläser sowie alle Verräter des Hauses Vitzthum des Landes zu verweisen! So wird es beschlossen in Leipzig, zum Landtag am zwanzigsten Juni! *Während Haugwitz die Tinte des Schriftstücks löscht, das Papier zusammenfaltet und besiegelt, spricht Friedrich einen Gruß an seinen Bruder.* Ich wünsche dir noch eine schöne Hochzeit, kleiner Bruder. Tut mir leid, wenn du es auf diese Art erfahren musst. *Kanzler Haugwitz übergibt die Antwort dem wartenden Boten. Dieser macht sich umgehend auf, zurück nach Weimar zu gelangen. Friedrich und Haugwitz gehen ins Schloss zurück.*

Auf der rechten Seite in Weimar eilt der Bote mit Friedrichs Antwort herbei, welche von Wilhelms Diener entgegengenommen und an den Herzog weitergereicht wird. Wilhelm liest und wird wütend. Er steht auf und geht umher, dabei gestikulierend.

WILHELM. Du Elender … ignoranter Wurm! … Dein jüngster Bruder heiratet und du hast nichts anderes zu tun als seine Räte zu beleidigen und ihm ins Gesicht zu spucken?! *Wirft die Antwort auf den Boden. Schreit.* Jetzt reicht es! *Die Vitzthume weichen ängstlich zurück.*

APEL. Oh, Hoheit.

BUSSO. Hoheit.

WILHELM. Wollt ihr wissen, was dieser vermaledeite Hund geantwortet hat? *Die Vitzthume kommen neugierig näher. Wilhelm greift sie beide im Genick. Eigentlich wohlwollend, doch die Wut lässt ihn dabei härter zugreifen als er es beabsichtigt.*

Bei jedem stark betonten Wort schüttelt er unbewusst auch seine Berater durch, die vor Angst alles über sich ergehen lassen. Euch beide! Und in einem Zuge gleich alle Vitzthume! Will er aus dem Lande fegen! *Lässt beide los. Doch Apel und Busso verharren einige Sekunden ängstlich in ihrer gekrümmten Pose.* Nicht, dass dies bereits schlimm genug wäre! Nein! Er muss es auch noch an meinem Hochzeitstag beschließen! In Leipzig! Landtag! – Verlogene Krähen, allesamt, diese Stände! *Die Vitzthume lösen sich langsam aus ihrer Angststarre. Wilhelm ist in Gedanken bei Friedrich.* Du vermiest mir meine Hochzeit nicht! *Wilhelm atmet tief durch.* Ruft die Heere zusammen! Ich hoffe doch, sie sind in guter Verfassung.

BUSSO *vorsichtig.* Das sind sie sicher ... Jedoch hätten wir da einen Vorschlag. Die Böhmen, Hoheit, sie würden gern gegen Friedrich kämpfen! Vereint mit Euren Truppen ...

APEL. ... bilden sie eine Übermacht, die Friedrich in die Knie zwingen wird! *Die Augen der Vitzthume beginnen zu leuchten.*

BUSSO *schleimig.* Hoheit.

WILHELM. Gut. Das behalten wir mal im Hinterkopf. Eine Truppensteigerung wird später vielleicht vonnöten sein. Wir wollen aber erst einmal schauen, wie er überhaupt auf einen Truppenaufzug reagiert. – Und zuvor feiern wir Hochzeit, verstanden! Ladet jeden ein, der Rang und Namen hat. Jeden! Auch die Leipziger Stände! Zwanzigster Juni! Wir bleiben bei diesem Datum! Ich will, dass die Stadt Jena überquillt vor Gästen! Und anschließend ... *wird lauter* ziehen wir in den Krieg! *Wilhelm geht zurück in seine Gemächer, die Vitzthume schleichen ihm hinterher. Ihr Kriegsplan gegen die Wettiner hat erste Formen angenommen.*

APEL / BUSSO. Hoheit.

ZWEITER AKT

Alles wie zu Beginn des ersten Aktes in Altenburg. Kunz und drei weitere Heeresführer treten an, Friedrich schickt sie in den Krieg. Die Prinzen kommen am Ende dazu. Morta, für alle unsichtbar, sieht sich Kunz und Friedrich an.

FRIEDRICH. Meine Herren, Heerführer unserer Armeen, mein kleiner Bruder, der … Landgraf von Thüringen, möchte spielen und hat uns die impertinente Einladung dazu in Form dieses Briefes zukommen lassen. *Wedelt mit einem Papier.* Sein erster Schachzug gegen uns wird zweifellos aus Abwarten bestehen, wir sollen den Anfang machen. Wilhelm hat seine Figuren noch nie überstürzt eingesetzt, noch nicht einmal die Bauern. Seine Strategie wird also die sein, uns zu provozieren. Doch haben wir ebenfalls einen guten Strategen. *Lädt Kunz mit einer Geste ein, weiterzusprechen.* Kunz? *Friedrich geht zu Einsiedel und Haugwitz, welche etwas abseitsstehen, und unterhält sich [stumm] mit ihnen. Morta kommt unterdessen von der Seite und beobachtet alles. Ab und zu schmunzelt sie über Kunz und die Prinzen.*

KUNZ. Männer, machen wir unseren Fürsten stolz! *Die Prinzen kommen durch das Tor und unterbre-*

chen die Ansprache.

FREDERICK. Kunz ... wir wollen dir und den Heerführern alles Gute wünschen ... für die Schlacht.

ALBRECHT. Wenn wir alt genug sind, ziehen wir mit dir in den Kampf!

KUNZ. Wenn Ihr erwachsen seid, meine jungen Herren, müsst Ihr euer Land regieren. Aber Ihr könnt dann mich in den Kampf schicken.

ERNST. Wir wollen mit dir Abenteuer bestehen!

KUNZ *amüsiert.* Ja, das wäre schon was, wir vier gegen die Welt. Aber Ihr werdet schon noch Eure eigenen Abenteuer bestehen. Und nun, werte Prinzen, muss ich los.

ALBRECHT. Ach, Kunz ... *Etwas traurig.* Na dann, lebe wohl.

KUNZ. Ich sage nicht Lebwohl, ich sag auf Wiedersehen! *Er blickt zu den Heerführern.* Männer, mir nach! *Kunz und die Seinen ziehen los. Die Prinzen verbleiben; so auch die Torwachen. Morta sieht sich alles an.*

ALBRECHT. Muss er denn jetzt sofort los?

FREDERICK. Er muss. Er ist ein Mann von Ehre, im Dienst unseres Vaters. Er ist der Held Kursachsens!

ERNST. Und bis er wieder zurück ist, werden wir weiterhin üben.

ALBRECHT. Ja! Aber ich glaube, ich brauche ein neues Holzschwert. Meins ist angeknackst und kann jederzeit brechen.

FREDERICK. Ach, zum Teufel mit den Holzschwertern. Ich weiß, wo der Schlüssel zur Rüstkammer hängt. Holen wir uns Waffen, wie richtige Männer!

ERNST / ALBRECHT *begeistert. Ja! Sie rennen Frederick hinterher. Morta sieht den Prinzen nach und geht anschließend in die Richtung, in die Kunz und seine Männer gegangen waren.*

Eine Fanfare kündigt die lang erwartete Rote Garde an, ein Sonderschutz für den Kurfürsten. Acht komplett in Rot gekleidete und gerüstete Gardisten marschieren im Gleichschritt auf die Bühne und bleiben in der Mitte stehen. Alle tragen beeindruckende Bardiche, die axtförmigen Vorgänger der Hellebarden. Den Wachen ist die Situation nicht geheuer, deshalb nehmen sie eine Abwehrhaltung ein, bis Friedrich aus dem Tor kommt und die Situation mit einer beschwichtigenden Geste auflöst.

FRIEDRICH. *Beschaut sich die Männer, geht um sie herum.* Meine Güte! Als mein Geheimrat vor zwei Jahren von in Rot gerüsteten Gardisten sprach, die jeden Ritter in den Schatten stellen, wollte ich ihn schon für verrückt erklären. Doch muss ich sagen, ich bin beeindruckt. Wer von euch ist der Erste, den ich künftig anspreche? *Einer der*

Gardisten tritt etwas zur Seite und verbeugt sich.

GARDE 1. Watashi.

FRIEDRICH. Ah … dann seid Ihr der Erste Anführer. Ich habe Gänsehaut. *Unterdessen erscheint die Kurfürstin.*

MARGARETHA. Darf ich fragen, wer diese fremden Ritter sind, die du hier bewunderst?

FRIEDRICH. Das sind nicht einfach nur Ritter! Dies ist ein kleiner, aber sehr mächtiger Teil der berühmten Roten Garde.

MARGARETHA. Ja? Und wer sind die? Woher kommen sie? Sie tragen nicht einmal ein Wappen, nur eine rote Rüstung. Sehr ungewöhnlich.

FRIEDRICH. Ursprünglich stammen sie aus einem fernen Land, jenseits der Meere. Selbst ihre Sprache ist ein Mysterium.

MARGARETHA. Du verstehst nicht einmal, was sie sagen, und willst sie dennoch in unsere Dienste stellen?

FRIEDRICH. Das muss dich nicht weiter kümmern. Sie verstehen unsere Sprache, dass muss genügen. Diese Gardisten gehorchen ausschließlich mir. Mein Wille … und sie tun es. Sogar in den Tod springen würden sie wohl, wenn mir der Sinn danach stünde, ha ha.

MARGARETHA. Du machst mir Angst.

FRIEDRICH. Ach … sie beschützen mich. Und damit uns alle.

MARGARETHA. Wenn du das sagst. Und was kostet uns dein neues Spielzeug?

FRIEDRICH. Versuch doch zu verstehen. Diese Männer sind ihr Gewicht in Gold wert! Ein Einzelner von ihnen kämpft so gut wie fünfzig Soldaten, ach, was sag ich, hundert! Die Bruderschaft der Roten Garde ist einfach unbesiegbar! Dabei glauben die meisten nicht einmal, dass es diese Kämpfer überhaupt gibt, und halten sie für abenteuerliche Geschichten der Griechen. Doch sie existieren! Allein sie anzufordern, kann ... Jahre dauern. Die kommen wirklich nicht zu jedem. Ich habe es allerdings geschafft!

MARGARETHA. Wie hast du denn überhaupt von ihnen erfahren?

FRIEDRICH. Ich sag's mal so, wer weiß, redet nicht. *Lacht in sich hinein.* Nur so viel, man stellt eine Anfrage über einen Kontakt in Florenz. Doch ihr Orden entscheidet dann selbst, ob und wie viele Gardisten er entsendet, oder ob der Antrag abgelehnt wird. Es ist jedenfalls nicht nur eine Frage des Geldes. Man muss ... schon würdig sein. *Lächelt stolz.* Erster Anführer, folgt mir durchs Tor, ich will euch den Schlosswachen vorstellen.

GARDE 1. Dschü hie! *Garde formiert sich.* Koo shin! *Garde marschiert hinter Friedrich her. Margaretha bleibt am Tor zurück. Sie wartet auf einen*

Medicus und blickt in die Ferne. Haugwitz kommt hinzu.

HAUGWITZ. Eure Hoheit, kann ich etwas für Euch tun? *Margaretha sieht ihn an, aber antwortet noch nicht.* Wenn Ihr mir die Bemerkung erlaubt, Hoheit sehen sehr nachdenklich aus ... bald traurig, möchte ich meinen. Verzeiht die Bemerkung.

MARGARETHA. Mein treuer Haugwitz, stets seid Ihr um mein Wohlergehen besorgt. Doch hier können wir nur auf Gottes Gnade vertrauen.

HAUGWITZ. Hoheit?

MARGARETHA. Es wird auch Zeit, dass Ihr es erfahrt. Unser Frederick, er hat eine Krankheit, die wir nicht verstehen.

HAUGWITZ. Eine Krankheit? Aber er sieht so gesund aus. Er tollt gerade mit den anderen Prinzen im Garten herum.

MARGARETHA. Ja, noch glaubt er, Bäume ausreißen zu können. Doch das wird sich bald ändern. Er hat dasselbe Leiden wie sein Oheim zuletzt. Er wird schwächer werden, jeden Tag ein wenig.

HAUGWITZ. Oh, Hoheit. *Es nähert sich der Medicus.*

MARGARETHA. Medicus, ich habe Euch bereits erwartet.

MEDICUS. Eure Hoheit. *Margaretha und der Medicus gehen ins Schloss, Haugwitz folgt.*

Prinzessin Anna tritt aus dem Tor und geht zur äußeren Küchentür. Nach einem kurzen Zögern klopft sie an. Frau von Honsberg öffnet.

HONSBERG *erschrocken.* Hoheit! Prinzessin Anna! Ist etwas mit dem Essen? Die neuen Oblaten wurden bereits heute Morgen ausgeliefert. Ansonsten, kann ich irgendetwas …?

ANNA. Ganz ruhig, Frau von Honsberg. Ich wollte nur eine Torte in Auftrag geben und darüber muss ich mit dem jungen Koch sprechen. Der, der auch gut backen kann.

HONSBERG. Natürlich Hoheit, das ist unser Barthel. Ihr kennt ihn ja schon. *In die Küche rufend.* Barthel? – Darf ich fragen, für wen die Torte sein wird, Hoheit?

ANNA. Hm, ja, sie soll eine Überraschung zum Geburtstag meiner Mutter, der Kurfürstin sein. Demzufolge dürft ihr auch mit niemanden darüber reden.

HONSBERG. Selbstverständlich nicht, Hoheit, die Küche ist dicht! Ich meine, unsere Lippen sind … *Barthel erscheint und erschrickt, als er die Prinzessin erkennt.*

BARTHEL. Oh! Hoheit! Ich wusste nicht …

HONSBERG. Ganz ruhig. Ihre Hoheit will dich mit einer neuen Torte beauftragen. Und es ist geheim. *Leise zu Barthel.* Benimm dich bloß! *Honsberg geht zurück in die Küche.* Hoheit.

ANNA. Barthel, ich dachte, ich komme einmal vorbei und schaue, wie es dir so geht?

BARTHEL. Was?!

ANNA. Also, nun ja, es ist ja auch wegen ... es ist ganz wichtig, also ... ich muss dich unter vier Augen sprechen.

BARTHEL. Unter vier Augen?

ANNA. Ja, es ist ... eine sehr spezielle Torte. In wenigen Worten zwischen Tür und Angel kann man das gar nicht besprechen. Am besten ... der Garten ... er eignet sich hervorragend, um darüber zu reden, ganz in Ruhe.

BARTHEL. Ich werde mir Notizen zu dieser Torte machen müssen, Hoheit. Ich hole schnell etwas zum Schreiben.

ANNA. Ach, das wird sicher nicht nötig sein. *Sie hakt sich bei Barthel ein und zieht ihn in Richtung Schlossgarten.* Außerdem ist alles streng geheim, da dürfen wir keine Notizen machen, Barthel.

BARTHEL *aufgeregt.* Ja, Prinzessin. Anna. Prinzessin. Hoheit. *Anna schmunzelt, sie genießt es, dass Barthel so aufgeregt ist. Beide gehen in Richtung des Gartens ab.*

Die Prinzen kommen von der anderen Seite und lassen die Köpfe hängen. Sie wirken frustriert. Jeder von ihnen trägt eine Ritterfigur bei sich.

ERNST. Als wir früher gespielt haben, hat uns Vater

wenigstens einmal zugesehen, und wenn's vom
Fenster aus war. Jetzt spricht er nur noch über
den Krieg und seine neue Garde.

ALBRECHT. Ich habe Angst vor denen!

FREDERICK. Das brauchst du nicht. Die würden dir
nie etwas tun. Was mir viel größere Sorgen bereitet, ist das Gerede um diese Vitzthum-Brüder,
über die Vater sich andauernd echauffiert.

ALBRECHT. Wer sind die überhaupt?

FREDERICK. Ach, das sind Onkel Wilhelms Berater,
die Vater nicht leiden kann.

ERNST. Und ich kann sie auch nicht leiden! Immer
geht's nur um die oder um diese doofe Garde!
Nur nicht um uns.

FREDERICK. Egal was wir tun, es interessiert ihn sowieso nicht mehr. Da könnten wir auch versuchen, die Schlossmauer zu beeindrucken. Selbst
die echten Waffen haben nichts gebracht. *Wird
lauter.* Und das Ritterspiel vorhin hat ihn auch
nicht interessiert! Sein eigenes altes Spiel! *Wirft
wütend seine Ritterfigur weg.*

ALBRECHT. Mache ihn nicht kaputt, das ist doch Hec-
tor! *Hebt die Figur auf.*

FREDERICK. Nein, das bin ich, der bald sterben wird.

ERNST. Was redest du denn da?

FREDERICK. Ach, der Medicus hat so seltsam mit
Mutter geredet … Wenn wenigstens Kunz hier
wäre.

ERNST / ALBRECHT. Ja.

ALBRECHT. Kunz würde uns auch einmal loben! *Die Kinderfrau erscheint und ruft die Prinzen. Bei ihr ist die junge Prinzessin Hedwig.*

KINDERFRAU. Ihr Prinzen, die Lehrstunden beginnen gleich. Die Mädchen sind bereits fertig und der Praeceptor ist jetzt bereit für Euch.

FREDERICK. Und was bringt uns das? Ich kann genauso gut woanders hingehen, es macht doch keinen Unterschied.

KINDERFRAU. Prinz Frederick, Euer Vater wäre sehr enttäuscht, wenn er erführe, dass Ihr vom Unterricht fernbleibt!

FREDERICK *schnippisch*. Glaubt Ihr wirklich, dass ihn das interessiert? Selbst wenn wir davonlaufen würden, müsste es ihm Kanzler Haugwitz erst unter die Nase reiben, damit er es überhaupt bemerkt! *Er gibt Hedwig sein Holzschwert.* Hier, Schwester, du kannst es behalten, die Fechtkünste des Kursächsischen Thronfolgers interessieren sowieso niemanden mehr. *Die Kinderfrau holt tief Luft, ist aber nicht imstande, etwas dazu zu sagen. Und da alle Prinzen dennoch folgen, belässt sie es dabei. Sie scheucht jedoch mit ernster Miene die Prinzen mittels Luftgebärden vor sich her. Hedwig kann zunächst gar nicht glauben, dass Frederick ihr sein Schwert aus freien Stücken überlassen hat und steht kurz wie angewurzelt da. – Doch bald ist*

*sie in ihrem Element und macht ein paar Luft-
übungen, bis schließlich Torwache 2 als Ziel herhalten muss. Sie nimmt Anlauf und sticht zum
Schein der Torwache das Holzschwert leicht in
den Bauch, welche prompt mitspielt. Dennoch ist
dem Wachmann unwohl bei alledem.*

TORWACHE 2. Au! Prinzessin Hedwig! Prinzessin
Hedwig! *Torwache 1 kichert in sich hinein.*

HEDWIG *grinst.* Lasst ihr mich ein?

TORWACHE 1. Aber selbstverständlich, Eure Hoheit.
*Die Torwachen lassen Hedwig hinein; Torwache 1
feixt dabei über Torwache 2.*

TORWACHE 2. Brauchst gar nicht so zu lachen. Nächstes Mal bist du das Opfer!

*Eine Fanfare kündigt Neuigkeiten an: Kunz und
die Heeresführer sind zurück! Sie betreten seitlich
die Bühne. Haugwitz, Einsiedel, Friedrich kommen daraufhin durch das Tor.*

KUNZ. Mein Fürst, ich muss melden, dass die
Schlacht ... letztlich unentschieden ausging.

FRIEDRICH. Unentschieden? Was heißt das?

KUNZ. Des Herzogs Truppen waren nicht nur gleich
stark, sie imitierten auch stets unser Vorgehen.
Was auch immer wir taten, sie zogen nach. Wir
hatten das Gefühl, sie verhöhnen uns. Sie haben
genauso viele Gefangene gemacht wie wir.

EINSIEDEL. Soll das heißen, ihr habt nichts erreicht?

KUNZ. Es ist uns immerhin gelungen, sie aus Naumburg zurückzudrängen. Die Stadt ist wieder sicher.

EINSIEDEL. Ich könnte mir gut vorstellen, dass sie sich nur erneut aufstellen wollen. Sie werden zurückkommen. Wenn nicht nach Naumburg, dann woanders hin.

KUNZ. Die Gefangenen reden von Zeitz, womöglich wollen sie dorthin.

FRIEDRICH. Ja, um genau dasselbe Spielchen noch einmal zu spielen. Am besten, wir reagieren gar nicht mehr darauf.

EINSIEDEL. Dann wird er Zeitz vernichten, Hoheit, nur, um Euch zu ärgern.

FRIEDRICH. Herrgott, was soll ich denn machen?

EINSIEDEL. Ich hätte da einen Vorschlag, Hoheit … *Zögert etwas.* Das … könnte diesen Krieg womöglich sehr schnell entscheiden.

FRIEDRICH. Ich höre.

EINSIEDEL. In der Achten gibt es einen Schützen, der sich auf moderne Feldwaffen spezialisiert hat. Der Hauptmann Harras kann es bezeugen. Was auch immer dieser Schütze mit seiner neuen Feuerbüchse ins Auge nimmt, er trifft es, garantiert! Er schießt über das Schlachtfeld von einem Ende zum anderen eine Münze aus der Hand eines Mannes!

HAUGWITZ. Wie soll uns das nützen?

EINSIEDEL *lächelt.* Nun ja, der Schütze muss ja keine Münze zum Ziel haben. ... Ein Treffer in den Kopf der Schlange und der Krieg ist beendet.

FRIEDRICH. Verstehe ich das richtig? Schlagt Ihr etwa vor, meinen Bruder zu töten?

EINSIEDEL. Hoheit ... er ist der Feind.

FRIEDRICH. Er ist vor allem mein Bruder!

EINSIEDEL. Aber ...

FRIEDRICH. Schießt, wen Ihr wollt, aber meinen Bruder nicht!

EINSIEDEL. Ja, Hoheit. Jawohl.

HAUGWITZ. Hoheit, ich will dies nicht gutheißen, doch die nächste Schlacht sollten wir schon gewinnen.

FRIEDRICH. Haugwitz, wir müssen nur eine Schlacht gewinnen, die letzte.

HAUGWITZ. Das ist wahr, Hoheit.

FRIEDRICH. Und ihr, Kunz, ruht Euch erst einmal aus. Heute sollen die Männer Wein trinken.

KUNZ. Ich danke Euch, mein Fürst.

Friedrich geht ins Schloss zurück, so auch die Garde, Haugwitz und Einsiedel. Die Prinzen kommen durch das Tor, Frederick mit Gehhilfe.

FREDERICK. Kunz, du bist zurück!

ERNST. Kunz ist da!

ALBRECHT *berührt Kunz am Arm.* Kunz, wie war die Schlacht, hast du viele Feinde getötet? *Kunz deutet den Heeresführern an, dass sie gehen können.*

KUNZ. Den einen oder anderen. Aber was noch wichtiger ist, wir können den Feind jetzt noch besser einschätzen. Er hat sich in einigen Strategien verraten. Nächstes Mal sind wir besser vorbereitet.

ERNST. Und Vorbereitung ist der halbe Sieg.

KUNZ. So ist es. Aber wenn ich mir etwas für euch wünsche, dann, dass ihr niemals einen Krieg vorbereiten müsst.

FREDERICK. Komm mit, Kunz, wir lassen dir Wein einschenken und deine Wunden versorgen.

KUNZ. Ihr seid großzügig, mein Prinz. Aber da wir gerade bei Wunden sind, wofür ist denn die Gehhilfe, habt Ihr Euch den Fuß verstaucht?

FREDERICK. Ach, die brauche ich eigentlich gar nicht. Es ist nur zur Sicherheit.

ALBRECHT. Falls er die Schwäche hat.

ERNST. Albrecht!

ALBRECHT. Was denn? Soll Kunz so tun, als sehe er die Gehhilfe nicht?

KUNZ. Die Schwäche?

FREDERICK. Ich habe eine Krankheit, die mich hin und wieder etwas schwächt.

ERNST. Es ist nur vorsichtshalber.

FREDERICK. Reden wir jetzt nicht darüber, Kunz soll sich ausruhen und vom Krieg erzählen.

ERNST / ALBRECHT. Ja. *Kunz und die Prinzen gehen langsam ins Schloss.*

FREDERICK. Ist es wahr, dass du bald nach Nürnberg

aufbrechen willst?

KUNZ. Dort wartet ein großer Kampf.

FREDERICK. Größer als der letzte?

KUNZ. Vielleicht.

Anna kommt durch das Tor und hat eine Schrift-rolle bei sich. Sie geht zur Küchentür und klopft an. Honsberg öffnet die Tür.

ANNA. Oh, ich wollte …

HONSBERG. Hoheit! Eure Anwesenheit ehrt uns. Wart Ihr zufrieden mit der Torte?

ANNA. Oh ja, die Geburtstagstorte der Kurfürstin war ausgezeichnet. Deshalb möchte ich heute gleich den nächsten Auftrag erteilen. Dies hier sind Wünsche und Vorstellungen meines Vaters, des Kurfürsten. Er wünscht einen besonderen Ku-chen. *Reicht Honsberg die Rolle.* Dies ist direkt für den jungen Koch bestimmt. Ich möchte, dass er es gleich liest. Er ist doch da, oder?

HONSBERG. Ja, Hoheit, ich werde es ihm sofort über-geben.

ANNA. Gut, dann … *Geht zögerlich einige Schritte zu-rück.*

HONSBERG. Hoheit. *Als Honsberg die Tür schließt, bleibt Anna etwas abseitsstehen, bis schließlich Barthel aus der Küche tritt. Er hat einen Korb dabei sowie die zuvor überreichte, nun geöffnete Schriftrolle.*

BARTHEL *erblickt erfreut Anna.* Hoheit! Eine … ungewöhnliche, ich meine außergewöhnliche Anforderung für einen Kuchen. Es stehen Kräuter darauf, die ausnahmslos im Garten wachsen.

ANNA. Und ganz zufällig will ich gerade da hin.

BARTHEL. Dann erlaubt mir, Hoheit, dass ich Euch begleite. So ist es sicherer … im Garten. *Beide gehen lächelnd, Arm in Arm in Richtung des Gartens.* Soll ich wirklich Beifuß mit in den Kuchen verbacken, Hoheit?

ANNA. Nein, die Nachricht war nur ein Vorwand. Irgendetwas musste ich da hineinschreiben. Ich möchte einfach nur Zeit mit dir verbringen.

BARTHEL. Oh … Hoheit.

ANNA. Und bitte nenne mich Anna, nicht Hoheit.

BARTHEL. Ja, Anna Hoheit, ich meine Anna.

ANNA. So ist es besser.

Ein Horn lässt Heeresführer und Kunz erneut antreten. Durch das Tor kommen Einsiedel, Haugwitz und Margaretha. Alle warten auf Friedrich, der jedoch nicht erscheint.

MARGARETHA *zornig.* Wo ist der Kurfürst?!

HAUGWITZ. Ich weiß nicht, Hoheit. Aber ich glaube, er möchte, dass wir die Heere verabschieden. *Blickt Hilfe suchend zu Einsiedel.*

EINSIEDEL *zu Haugwitz.* Wollt Ihr anfangen, soll ich anfangen?

HAUGWITZ. Ach, Geheimrat, vielleicht solltet Ihr ...

EINSIEDEL *räuspert sich.* Ja. – Meine Herren und Heeresführer, dies ist die Schlacht, die alles entscheiden kann. Doch wollen wir uns nichts vormachen. Die Stadt Gera ist in ernsthafter Gefahr! Die Böhmischen Hilfsheere, die Herzog Wilhelm nun zur Seite stehen, sind nicht wenige. Viele von uns werden wohl nicht zurückkehren. Doch ist es unsere Pflicht, Gera zu schützen, solange es eben geht! Möge Gott unser Schicksal heute entscheiden. *Geht an die Seite.*

HAUGWITZ. Ihr habt den Herrn von Einsiedel gehört. Schützt die Stadt Gera mit eurem Leben! Kunz von Kauffungen wird euch wieder in die Schlacht führen. *Zu Kunz.* Bitte.

KUNZ. Männer! Ihr wisst was uns bevorsteht. Also ... *Die Prinzen kommen eilig dazu, Frederick etwas langsamer.*

ALBRECHT. Kunz! Du darfst nicht gehen! Das ist Wahnsinn! Du bist doch gerade erst wiedergekommen.

ERNST. Wir haben die letzten Berichte mitgehört. Es heißt, in Gera wartet eine Übermacht! Bleib hier, Kunz! Schütze die Burg, das ist doch auch wichtig. *Kunz ist gerührt. Frederick steigert sich hinein.*

FREDERICK. Nein, meine Brüder! Kunz muss tun, was ein guter Kämpfer immer tut: Er zieht in die Schlacht für die Ehre! Denn dafür lebt er! Dafür atmet er! Auch wenn der Pfad ein dunkler ist. Auch wenn er weiß, dass das Ende näher rückt. Auch wenn sich die Kraft davonstiehlt! Dennoch versucht er es. Aufrecht! Bis zum Ende! *Frederick zittert, atmet tief. Margaretha hält ihn am Arm und ist ergriffen, dann flüstert sie Haugwitz etwas ins Ohr, woraufhin dieser abgeht, um die Kinderfrau zu holen.*

KUNZ. Ihr hohen Prinzen! Wenn ich jetzt gehe, dann nicht, weil ich von Euch fort möchte. Aber es ist, wie Prinz Frederick sagt: Ein Mann von Ehre muss sich auch der größten Herausforderung stellen, nur so wird aus ihm ein größerer Mann. Und bedenkt die Geschichten, die ich zu erzählen habe, wenn ich wieder zurück bin.

ALBRECHT. Wirst du auch bestimmt wiederkommen? *Die Kinderfrau ist da, um die Prinzen hereinzuholen.*

KUNZ. Ich sage nicht Lebwohl, ich sag auf Wiedersehen! *Die Prinzen winken Kunz ein letztes Mal zu und gehen mit der Kinderfrau zurück. Kunz wendet sich nun den Heerführern zu.* Männer! Stellt die Heere auf! Heute ist ein Kampftag! Heute ist ein Bluttag! Wir stehen und fallen für die Ehre! Vermutlich ein allerletztes Mal! Oder wollt ihr ewig leben?

ALLE HEERFÜHRER. Nein!

KUNZ *zieht sein Schwert und läuft voraus.* Vorwärts!

Kunz und die Heerführer eilen jubelnd davon, Einsiedel folgt ihnen. Friedrich erscheint mit seiner Garde. Margaretha will bereits gehen und stockt, als Friedrich doch noch auftaucht.

FRIEDRICH. Na, ist es endlich vorbei? Sind sie fort?

MARGARETHA *erbost.* Wo warst du? – Du hast große Worte verpasst, auch von deinem ältesten Sohn! Oder ist es dir mittlerweile gleichgültig, dass deine Soldaten in den Krieg ziehen?

FRIEDRICH. Die ziehen nicht in den Krieg ... die ziehen in den Tod. *Margaretha ist enttäuscht und will gehen.* Was ist das mit Kunz ... und den Prinzen?

MARGARETHA. Was meinst du?

FRIEDRICH. Das geht schon eine ganze Weile so. Sie verehren ihn wie einen griechischen Halbgott!

MARGARETHA. Er ist ihr Freund, er hat ihnen das Fechten beigebracht. Und manchmal erzählt er ihnen Geschichten oder von Abenteuern.

FRIEDRICH. Ja, ja. Ich hatte auch Vorbilder in diesem Alter, doch war mein Vater stets das Größte von ihnen!

MARGARETHA. Ach, wenn du doch genauer hinsehen würdest! – Immerhin, du bist eifersüchtig.

FRIEDRICH. Bitte ... auf einen Niederadligen? Er war der Vogt, Herrgott.

MARGARETHA *wird sauer.* Ein Vogt, der freiwillig immer wieder zu dir zurückkehrt und für dich den

Krieg führt! *Friedrich sieht Margaretha mit einem wissenden und eindeutigen Blick an. Sie erkennt, was in Friedrich vorgeht.* Du willst gar nicht, dass er zurückkommt, oder? – Wie ehrenhaft. *Margaretha geht enttäuscht ab. Friedrich überlegt kurz, winkt jedoch ab.*

FRIEDRICH. Ach, zum Teufel mit der Ehre.

Alle gehen zurück ins Schloss, auch die Torwachen.

DRITTER AKT

Die Felder vor Gera. Das Heer der Böhmen, ange-
führt von Johann von Cimburg, zieht mit Schlachtru-
fen auf. Sie lassen jeden wissen, dass sie da sind.

CIMBURG. Čest!

BÖHMEN. Čest!

CIMBURG. Vítězství!

BÖHMEN. Vítězství!

CIMBURG. Männer! Unser Verbündeter Herzog Wilhelm hat die Nase voll von kursächsischer Arro-
ganz! Deshalb sind wir heute hier, um in seinem
Namen eine unmissverständliche Antwort zu geben!

BÖHMEN. Ja!

CIMBURG. Dieser Kurfürst denkt ja auch, dass Böhmische Kämpfer gar nicht mehr auf's Schlachtfeld,
sondern in Geschichtsbücher gehören! Nur, weil
wir uns nicht mehr Hussiten nennen? Soll man
das glauben?

BÖHMEN. Nein!

CIMBURG. Und der Kurfürst glaubt, dass die kleine
Stadt Gera, vor der wir heute stehen ... morgen
immer noch stehen wird. *Gelächter.* Soll er etwa
Recht behalten?

BÖHMEN. Nein!

CIMBURG. Im Namen Herzog Wilhelms, des Landgra-

fen von Thüringen ... und, Scheiße nochmal,
auch im Namen unseres Jiří von Podiebrads, machen wir sie dem Erdboden gleich!

BÖHMEN. Ja!

CIMBURG. Rache an Kursachsen!

BÖHMEN. Rache! Rache! *Kunz kommt von der anderen Seite mit seinen Truppen.*

CIMBURG. Und da kommt sie endlich, die Horde aus
verängstigten Altsoldaten, bereit für den letzten
Tag ... Und seht, wer sie wieder anführt, der be-
rühmte Kauffungen! *Ein höhnisches Raunen.* Na,
dann wird's wenigstens nicht langweilig! *Die
Böhmen lachen. Cimburg hält sein Schwert in die
Höhe und ruft zum Angriff. Útočit! Kriegsgeschrei.
Der Kampf beginnt und geht bis zum Zeitpunkt,
wo Kunz verliert und Cimburg ihn im festen Griff
hält. Dann, Freeze (ein Geräusch, welches das
Einfrieren der Zeit darstellt, ist zu hören). Alles er
starrt, mit Ausnahme von Kunz. Er kann sich nicht
befreien. Cimburg bewegt sich nicht mehr, und
doch hat er Kunz noch fest im Griff. Alles um ihn
herum steht still. Und da ist noch jemand. Eine
zierliche weibliche Gestalt, die sich langsam nähert. Sie trägt einen alten kahlen Ast bei sich, der
ihr als Wanderstab dient. Kunz schlägt das Herz
bis zum Hals.*

MORTA. Kunz von Kauffungen.

KUNZ. Was ... um alles in der Welt ... Wer seid Ihr?

Seid Ihr ein Engel?

MORTA. Rate noch einmal.

KUNZ. Ich weiß nicht ...

MORTA. Was war das Erste, das dir durch den Kopf ging?

KUNZ. Ich habe ehrlich gedacht, der Tod will mich holen.

MORTA. Ah.

KUNZ *sich sicher*. Aber Ihr könnt ja nicht der Tod sein.

MORTA. Kann ich nicht? *Schaut verschmitzt, lächelt.*

KUNZ. Aber ...

MORTA. Ich bin es, Kunz.

KUNZ. Der Tod? *Morta nickt.* Ihr seid der Tod? – Warum seht Ihr dann wie ein junges Mädchen aus?

MORTA *seufzt leicht*. Ist dir der Alte mit der Sense etwa lieber? *Kunz schüttelt verneinend den Kopf.* Zurzeit bin ich Morta.

KUNZ *überlegt*. Morta ...

MORTA. So jedenfalls haben mich die alten Römer genannt. Und so, *zeigt an sich herunter*, haben sie sich den Tod vorgestellt. Nicht, dass es ihre eigene Idee gewesen wäre und eigentlich fehlen mir noch zwei Schwestern, aber mit diesem Aussehen sind die Menschen doch eher geneigt, mir zuzuhören, als in Gestalt des Gevatters.

KUNZ *weiß nicht, was er sagen soll*. Das ist verrückt.

MORTA. Das findest du verrückt? Weißt du, wie ich im alten Ägypten aussehe?

KUNZ, *hat keine Ahnung.* Ach ...

MORTA. Ich möchte mit dir reden, dir ein Angebot machen. Darum bin ich hier.

KUNZ. Ein Angebot?

MORTA *schmunzelt.* Hm, ich muss dazu weiter ausholen. Du bist ein Kämpfer, lässt kaum einen Krieg aus. Doch um was geht es dir dabei? Ich habe dich beobachtet, Kunz. Du ergötzt dich nicht am Töten, dafür hast du zu viel Herz. Nein, du bringst die Dinge möglichst ins Gleichgewicht. Du räumst gern auf. Es geht dir eher um Gerechtigkeit. Auch wenn das manchmal heißt, Kaufleute vor Leipzig aufzubringen, sie festzunehmen und ihren Besitz umzuverteilen.

KUNZ. Das waren Verbündete Herzog Wilhelms, gegen den ich Fehde führe. Gegen ihn und seine Berater, die Vitzthume.

MORTA. Weil sie dein Gut Milowitz zerstört haben ...

KUNZ. Ja, Feiglinge allesamt.

MORTA. Anders als du ... ein Mann von Ehre.

KUNZ. Ich versuche es zumindest, ich strebe nach Ehre.

MORTA. Und nach Ruhm, gib's zu.

KUNZ. Ich gebe es zu. Lorbeeren ernten, sich einen Namen machen. Ja, es wäre schön, wenn sich die Menschen auch nach meinem Tod noch an mich erinnern würden.

MORTA. So wie die Helden deiner Kindheit. Achilles, Odysseus.

KUNZ. Nur Sagenfiguren, ich weiß. Aber … warum es nicht versuchen? *Seufzt.* Nichts ist schlimmer, als vergessen zu werden! Das ist wohl meine Schwäche.

MORTA. Ich weiß. Und jetzt komme ich ins Spiel. Was würdest du sagen, wenn ich dich eintausend Jahre unvergessen machte? Tausend Jahre Ruhm und Ehre! Noch im fünfundzwanzigsten Jahrhundert würde man von Kunz von Kauffungen sprechen. *Kunz überlegt.*

KUNZ. Oh … Aber ich muss mit Euch gehen. Darauf läuft es hinaus, oder?

MORTA. Ja, weißt du, es ist so: Trotz all der Macht, die ich habe, bin ich doch … recht einsam. Denn wenn die Zeit eines jeden kommt, muss ich ihn abholen und an den Schöpfer übergeben. Das ist eine meiner wichtigsten Aufgaben, aber dauert nur Augenblicke, selten eine Minute. Niemand verblieb länger bei mir. Bis jetzt.

KUNZ. Und Ihr fragt … mich? Womit habe ich … Wieso ich?

MORTA. Ich habe meine Gründe, weshalb ich dich ausgewählt habe. Ich möchte, dass du darüber nachdenkst. Und eines Tages, wenn deine Zeit kommen wird …

KUNZ. Ach, das wäre gar nicht jetzt?

MORTA. Du stirbst heute nicht, du wirst gefangen genommen.

KUNZ. Das heißt, ich habe noch Zeit?

MORTA. Du hast noch etwas Zeit.

KUNZ. Dann lasst mich diese Zeit nutzen, tausendjährigen Ruhm auch zu verdienen! Es gibt noch so vieles, das ich machen, das ich erreichen kann.

MORTA. Tu, was immer du tun musst, Kunz. Heute bin ich nur hier, um dir das Angebot für eine Zeit nach deiner Zeit zu unterbreiten. Ob du gleich zum Schöpfer gehen oder zuvor zu mir kommen willst, an meine Seite. *Während des Abgehens berührt Morta die Toten, welche daraufhin aufstehen und sie begleiten.* Es würde aufregend, das kann ich dir versprechen. Ich wäre nicht mehr allein und du wärst eintausend Jahre unvergessen in der Welt und erlebtest darüber hinaus Dinge, die noch nie zuvor ein Mensch gesehen hat. Odysseus Abenteuer würden glatt verblassen. Denk darüber nach. Wir werden uns wiedersehen. *Ein weiteres Geräusch (diesmal von Gott) ist zu hören und damit gerät auch Kunz in den Freeze und erstarrt.*

GOTT. Bist du sicher, dass du ihn willst?

MORTA. Ich bin mir sicher.

GOTT. Du weißt, was er tun wird.

MORTA. Noch steht er am Scheideweg. Er wird am Ende das Richtige tun.

GOTT. Willst du ihn denn retten?

MORTA. Ich will ihm helfen, habe ein gutes Gefühl bei Kunz. Er könnte aufrecht sterben, anstelle besiegt und im Groll.

GOTT. Wie du meinst. Ich bin sehr gespannt. *Kunz' Starre löst sich nicht, ganz gleich was Morta auch versucht.*

MORTA. Kunz? – Kunz? – *Morta seufzt.* Wenn der Schöpfer die Zeit anhält … *Nimmt ihr Horn der Erweckung in die Hand.* Und ich dachte schon, ich müsste das Horn dieses Jahrhundert einmal nicht verwenden. *Bläst in das Horn. Ein gigantischer, sehr tiefer und eindringlicher Ton ist zu hören, der im wahrsten Sinne die Toten aufwecken könnte, würde Morta sich nicht ausschließlich auf Kunz konzentrieren. Kunz erwacht aus der Starre. Er hat von all dem nichts mitbekommen und ist gedanklich immer noch bei Mortas Angebot. Der komplette Freeze löst sich nun ebenfalls, sodass auch alle anderen wieder zurück in ihrem normalen Zeitverlauf sind. Cimburg hört Kunz' letzte Frage an Morta.*

KUNZ. Und wie viel Zeit bleibt mir noch?

CIMBURG. Genug, um mir ordentlich Gulden einzubringen! *Er schlägt Kunz benommen, dieser kann aber noch gehen.* Nehmt die Heerführer mit, wir schatzen sie ... wenn sie noch leben. *Kunz und zwei der noch lebenden Heerführer werden von Cimburg und seinen Böhmen mitgenommen.* Komm, du großer Kämpfer. Ich verdiene an dir mehr als du bei Friedrich! Ha ha.

Das Tor (in Altenburg) öffnet sich. Die Torwachen gehen in Stellung. Danach kommen Friedrich und die Garde, Haugwitz und Einsiedel heraus. Margaretha erscheint später.

EINSIEDEL. Eure Hoheit, Eure Hoheit ...

FRIEDRICH. Ich will es gar nicht hören, Geheimrat! Das sehe ich an Eurem Blick, dass Gera gefallen ist. Das war doch auch zu erwarten. – Ich will nur wissen, was zur Hölle wir überhaupt noch machen können mit Wilhelm!

EINSIEDEL *schaut kurz nach unten.* Wir ... könnten Ihm ... nochmals Frieden anbieten, Hoheit.

FRIEDRICH *sarkastisch.* Ja genau, das hat ja auch das letzte Mal schon so gut funktioniert! *Wendet sich an Haugwitz, welcher mehrere Schriftrollen bei sich hat, eine davon geöffnet.* Sind das wieder Lösegeldforderungen? Oder wurden heute zur Abwechslung alle getötet?

HAUGWITZ. Neue Forderungen, Hoheit. Zwei unserer Heeresführer, sowie der Nicklas Pflugk, der Kunz von Kauffungen ...

FRIEDRICH. Was, der lebt noch?!

HAUGWITZ. Ja. Und hoch geschatzt mit ... 4000 Gulden. Die Heerführer dagegen kommen frei für ...

FRIEDRICH. Ich will es nicht wissen, Haugwitz. Macht es wie immer, löst sie aus. Das Geld holen wir uns bei unseren Gefangenen wieder. *Zu Einsiedel.* Wir haben doch Gefangene gemacht, oder?

EINSIEDEL *druckst.* Ähm, wir haben noch wichtige Gefangene vom letzten Mal ... die sind auch einiges wert! *Friedrich schließt die Augen, er kann die Unfähigkeit seiner Untertanen nicht nachvollziehen. Doch der Kanzler rettet die Situation.*

HAUGWITZ. Ach, Geheimrat? Hatten wir den Kunz eigentlich zuletzt verpflichtet? Ist er als kurfürstlicher Vasall nach Gera aufgebrochen?

EINSIEDEL. Nein, er ist als freier Kämpfer losgezogen, wie schon zuvor in Nürnberg.

FRIEDRICH. Tja, dann ... müssen wir ihn auch nicht auslösen.

EINSIEDEL. Richtig. Freie Männer lösen sich selbst aus.

FRIEDRICH. Wenn ich nur wüsste, wie ich jetzt Wilhelm begegne! *Margaretha, die den letzten Satz gehört hat, kommt und wedelt mit einer Schriftrolle.*

MARGARETHA. Mit Frieden!

FRIEDRICH. Meine liebreizende Gattin, wenn das nur so einfach wäre.

MARGARETHA. Es ist einfach, es ist der Wille des Königs. *Hält Friedrich die Schriftrolle hin.*

FRIEDRICH. Bereits geöffnet?

MARGARETHA. Adressiert an unser Haus, aber interessanterweise mir zu Händen. *Friedrich nimmt die Nachricht entgegen und überfliegt die Worte. Er sieht einmal kurz auf und liest dann weiter.*

FRIEDRICH. Wilhelm hat die gleiche Anordnung erhalten ... Sofortiger Waffenstillstand ... sonst ...

MARGARETHA. Sonst droht dir die Reichsacht, mein Lieber! Und deinem Bruder.

FRIEDRICH *spielt es herunter.* Wir haben sowieso kein Geld mehr. Haugwitz?

HAUGWITZ. Hoheit. *Er schreibt mit, was Friedrich diktiert.*

FRIEDRICH. Sofortige Nachricht an meinen Bruder. Hiermit folgen wir dem Willen des Königs, untertänigst, und stellen jegliche Kampfhandlungen ein und erwarten dies auch im Gegenzug. *Ein Medicus kommt von außen dazu.* Was wollt Ihr denn hier?

MEDICUS. Eure Hoheit, heute ist eine weitere Untersuchung Seiner Hoheit des Kurprinzen Frederick angedacht.

FRIEDRICH. Was soll das ... hast du das angeordnet? Es geht ihm gut.

MARGARETHA. Geht es nicht! *Winkt den Medicus herein und geht mit ihm ab.*

FRIEDRICH. Haugwitz, Ihr wisst Bescheid.

HAUGWITZ. Hoheit. *Geht zurück ins Schloss.*

FRIEDRICH. Geheimrat, lasst die Gemüter sich entspannen, wir eilen dem Frieden entgegen.

EINSIEDEL. Ja, Hoheit.

FRIEDRICH. Und wo besiegeln wir das glückliche Ende? Frieden mit Wilhelm, das bedarf eines Festes!

EINSIEDEL. Wenn ich Eurer Hoheit einen Vorschlag unterbreiten darf?

FRIEDRICH. Bitte.

EINSIEDEL. Nutzt dafür doch die Fastnacht in Leipzig, die feiern wir sowieso. Ist zwar noch etwas hin, aber bis der Friedensvertrag in aller Form ausgehandelt ist ... Es wäre obendrein ein kirchliches Fest. Wir danken Gott und vergeben einander.

FRIEDRICH. Ja, und essen und trinken, bis wir platzen in Masken. Eine gute Idee. Geheimrat. *Friedrich geht eilig zurück, die Garde hinterher.*

EINSIEDEL. Hoheit. *Verlässt das Schloss.*

Anna und Barthel kommen aus dem Garten und stehen vor der Küchentür. Anna ist nachdenklich.

ANNA. Ich mache mir Sorgen wegen Mutter. Sie wird dies hier niemals dulden. Sie will, dass ich einen Adligen aus Brandenburg heirate. Ich weiß nicht, was wir tun können.

BARTHEL. Wir machen das, was du möchtest. Dann bin auch ich glücklich.

ANNA. Und ich will bei dir sein! Für immer! Ganz gleich, was sie sagen wird. Und wenn das bedeutet, enterbt zu werden.

BARTHEL. Denken wir nicht an so etwas. Wir wissen nicht, wie sie reagieren wird. Ich kenne sie natürlich nicht so gut wie du, aber ... ich glaube, in ihrem Herzen ist sie doch grundgütig. Eine der Eigenschaften, die du von ihr geerbt hast ... und die ich so sehr an dir liebe.

ANNA. Ach, Barthel. *Umarmt ihn. Honsberg kommt aus der Küche. Sie sieht die beiden, ist aber nicht überrascht (sie weiß es schon länger).*

HONSBERG. Oh, verzeiht bitte, Hoheit. *Macht die Küchentür wieder halb zu. Anna geht zurück. Honsberg öffnet die Küchentür wieder, sieht kurz zum Tor, dann Barthel an.* Was denkst du, was das hier noch wird? Glaubst du wirklich, dass sie die Tochter des Kurfürsten mit einem Küchenjungen zusammenkommen lassen?

BARTHEL. Ich weiß, dass Ihr mich dafür verachtet.

HONSBERG. Rede doch keinen Unsinn, Junge! *Nimmt ihn leicht am Kinn.* Alles, was ich will, ist dich beschützen, verstehst du das? Du bist mehr als nur mein Mündel! Ich habe dich nicht aufgezogen, um dich an den Galgen zu verlieren! *Barthel ist wegen Honsbergs Gefühlen überrascht. Er hätte dies nie vermutet. Honsberg lächelt ihn an.* Und jetzt ab, der Reiseproviant für Leipzig muss noch fertig gemacht werden. Der Kurfürst wird schlechte Laune haben, wenn er seinen Kuchen nicht bekommt.

BARTHEL *lächelt; ist froh, dass sie es weiß.* Und das wollen wir ja nicht. *Geht in die Küche.*

HONSBERG. Oh Herr, bitte lass dies gut enden! *Damit schließt Honsberg die Küche.*

Die Fanfaren der Leipziger Pleißenburg ertönen und von den Seiten strömen die edlen Leipziger Gäste zusammen. Hohe Herrschaften, allesamt in Maske. Zwei Diener schenken Wein aus. Die Prinzen und Prinzessin Hedwig zeigen sich gegenseitig ihre Masken. Barthel ist nirgends zu sehen. Die drei Vermittler vom Anfang des ersten Aktes sind wieder da. Sie stehen zusammen, jeder mit einem Becher Wein. Der Kurfürst geht auf den Erzbischof zu, schnappt sich dessen Hand und küsst hastig den Pontifikalring. Dann haut er ihm wie einem guten alten Freund auf den Rücken. Eine kleine schelmische Geste der Rache.

FRIEDRICH. Erzbischof! *Ring.* Haut rein! *Rücken.* Morgen gibt's nichts mehr. *Die Vermittler sehen sich an. Dann kann sich Friedrich von Brandenburg nicht mehr halten und muss lachen.*

BRANDENBURG. Ha, ha, ha … *Der Erzbischof blickt demonstrativ von ihm weg. Margaretha nimmt sich Anna zur Seite.*

MARGARETHA. So, mein Kind. Hohe Herren sind heute hier und ich erwarte, dass du wenigstens mit einem von ihnen tanzt.

ANNA. Ja, Mutter.

MARGARETHA. Ich weiß, dass du lieber auf den einen Richtigen warten möchtest. Aber warte bitte nicht mehr so lange.

ANNA. Ja, Mutter.

MARGARETHA *streichelt Anna.* Du armes Kind, dass du aber auch Anspruch und Temperament von deinem Vater haben musst.

ANNA *blickt zur Seite.* Nicht so wie Amalia.

MARGARETHA. Ja, deine große Schwester hat einen Herzog geheiratet, eine gute Partie. Du musst dich hier nur umsehen. Wir sind nicht allein wegen des Friedens hier. Schau in die Augen der Herren und versuche zu steuern, wer dich zum Tanzen auffordert. Du hast es in der Hand.

ANNA. Das heißt, wenn ich jemanden fände ... eine gute Partie ...

MARGARETHA. ... brauchen wir über briefliche Anträge nicht mehr nachzudenken. Allerdings sollten wir im Moment die Anfrage aus Brandenburg noch nicht gänzlich beiseitelegen.

ANNA. Ich werde sicher gleich mit jemand tanzen.

MARGARETHA. Gutes Kind. *Die Leipziger Fanfaren ertönen erneut. Alle Blicke sind nun auf den Kurfürsten und seinen Bruder, Herzog Wilhelm ge-*

richtet, welche sich an die Gäste wenden.

FRIEDRICH. Eine dunkle Zeit hat nun ein Ende gefunden. Durch Gottes Gnade und mit dem Segen unseres Königs stehen ab sofort Kursachsen und die Landgrafschaft Thüringen in Frieden beieinander. *Die Gäste jubeln.*

WILHELM. Mit sofortiger Wirkung werden einst gemachte Eroberungen auf des Bruders Seite ...

FRIEDRICH. Jeweils. – *Friedrich erntet einen genervten Blick von Wilhelm.*

WILHELM. Jeweils! – wieder als das Eigentum des ursprünglichen Besitzers angesehen und zurückgegeben! Keiner behält etwas, das ihm vor dem Krieg auch nicht gehörte.

FRIEDRICH. So ist es. Den Krieg hat es praktisch nie gegeben. Wir wollen diese unglückselige Zeit nun vergessen und schauen gemeinsam in die Zukunft. Wir schaffen das. *Die Gäste applaudieren, jubeln, Rufe sind zu hören. Es lebe Kurfürst Friedrich! Es lebe Herzog Wilhelm! Es lebe der Friede! Feuerwerk! Ein Feuerwerk ... Als die letzten imposanten Funken des Feuerwerks verlöschen, ergreift Wilhelm das Wort.*

WILHELM. Ihr Edlen! Ab morgen müssen wir vierzig Tage lang auf alles verzichten, was Vergnügen bereitet. *Gelächter.* Also, haben alle etwas zu trinken? Ja? Aber nicht mehr lange! *Die Gäste lachen. Die Stimmung ist heiter.*

HAUGWITZ. Musikanten, frisch aufgespielt!

Die erste Tanzmusik beginnt. Zuerst tanzen Fried-
rich und Margaretha, sowie Wilhelm und seine
Frau, die Herzogin. Bald darauf bilden sich wei-
tere Paare. So auch Anna und Barthel (beide, wie
alle anderen, in Masken). Hedwig, die Prinzen, so-
wie alle anderen Kinder imitieren den Tanz der
Erwachsenen oder albern herum.

FRIEDRICH. Möge der Frieden uns wieder vereinen,
Bruder. Und danken wir dem König, dass er in-
sistierte.

WILHELM. Wenn er es nicht beendet hätte ... Ich hatte
keine Ahnung, wie es weitergehen sollte.

FRIEDRICH. Du hast dich mit deinen Böhmen aber
auch weit aus dem Fenster gelehnt.

MARGARETHA. So einen Zug hatte er Euch gar nicht
zugetraut, werter Schwager.

WILHELM. Die Schulden, die ich dabei gemacht habe,
wollt Ihr lieber nicht wissen.

HERZOGIN. Nur gut, dass es jetzt vorbei ist.

FRIEDRICH *zur Herzogin.* Die neue Herzogin und Frau
meines Bruders. In Naumburg zur Vertragsunter-
zeichnung hatten wir noch keine rechte Gelegenheit, uns kennenzulernen.

HERZOGIN. Verehrter Schwager, es ist mir eine Ehre,
dies heute nachzuholen.

FRIEDRICH. Nicht auf Eurer Hochzeit gewesen zu
sein, bedaure ich sehr. Doch waren die Umstän-

damals etwas … nun ja.

MARGARETHA. Wir wollen nicht davon reden. Wichtig ist doch, dass jetzt Friede herrscht. Mein Gatte ist jedenfalls sehr erleichtert, seinen Bruder wiederzuhaben.

HERZOGIN. Ja, ich glaube, das geht beiden Brüdern so. *Margaretha bemerkt die gute Laune ihres Mannes, welche sich in leichtfüßigem Tanze äußert.*

MARGARETHA. Wie elegant sich der Kurfürst doch bewegen kann, wenn er will.

FRIEDRICH. Nun, alles zu seiner Zeit. Es kämpft der Hirsch, doch es tanzt der Kranich! *Die erste Musik ist vorbei. Applaus. Eine neue Musik beginnt. Die vier Hoheiten beenden ihren Tanz, bleiben aber zusammen. Dafür tanzen nun andere. Ab und zu muss der eine oder andere Gast seine Maske lüften, um seinen Gesprächspartner zu erkennen. Dabei wird meist gelacht und auf sein Gegenüber gezeigt, das Ganze in angeheitertem Zustand. Die Stimmung ist ausgelassen.*

WILHELM. Sag mal, warum muss Haugwitz eigentlich als Zeremonienmeister herhalten? Der Leipziger hat dir wohl nicht gefallen?

FRIEDRICH. Der Leipziger hat keine Ahnung, wie man ein Fest organisiert.

MARGARETHA. Musik und Tanz waren hier das letzte Mal einfach langweilig, aber Haugwitz hat immer die richtige Idee. *Haugwitz, angelockt durch Mar-*

*garethas wohlwollende Blicke auf ihn, kommt her-
über.*

HAUGWITZ. Eure Hoheit, kann ich irgendwas für
Euch tun?

MARGARETHA. Ja, Ihr könnt mit mir tanzen.

HAUGWITZ. Hoheit. *Er bietet ihr den Arm und beide
gehen tanzen.*

WILHELM. Ach, ich suche auch noch so einen guten
Kanzler. *Friedrich stimmt ihm nickend zu.* Und
neue Berater brauche ich auch ... Ich sollte meinen halben Hofstaat überdenken. *Wilhelm und
Friedrich trinken und sehen sich amüsiert die
Gäste, die Tänzer und das Geschehen an. Während Barthel und Anna weiterhin tanzen, geht
Küchenmeisterin Honsberg mit angespanntem
Blick am Rande hin und her und sucht Barthel ...
bis sie schließlich fündig geworden ist. Sie geht
direkt auf ihn zu und nimmt ihn am Arm, wo-
raufhin er den Tanz mit Anna unterbrechen muss.*

HONSBERG. Sag mal, kannst du mir erklären, was du
hier treibst?! *Barthel erstarrt und kann zunächst
nichts darauf sagen.*

ANNA. Frau von Honsberg! Ihr überschreitet Eure
Kompetenzen! *Honsberg erschrickt vor ihrem eigenen Handeln und muss sich kurz beruhigen.
Musik und Tanz kommen zum Erliegen. Alle blicken nun zu Honsberg, Anna und Barthel.*

HONSBERG. Hoheit, verzeiht! Ich ... ich wollte gewiss

nicht …

ANNA. Wieso tut Ihr das?

WILHELM *an Friedrich.* Hat die Küchenmeisterin gerade deine Tochter angeschrien, oder galt das ihm? *Friedrich weiß keine Antwort.*

MARGARETHA. Frau von Honsberg, ich hoffe, Ihr habt eine gute Erklärung für Euer Verhalten!

HONSBERG. Ich bitte um Vergebung, Hoheit! *Barthel lässt mehr und mehr den Kopf hängen.*

MARGARETHA. Dennoch wagt Ihr es, den Tanzpartner meiner Tochter anzugehen. Warum?

HONSBERG *blickt zu Barthel, es tut ihr leid.* Weil er … nicht der richtige Umgang … für die erlauchte Prinzessin ist, Hoheit. Er arbeitet unter mir, er ist mein Mündel. *Barthel nimmt langsam seine Maske ab. Raunen in der Menge, Getuschel.*

MARGARETHA. Das ist doch der Küchenjunge!

FRIEDRICH. Der Küchenjunge?

ANNA. Ja ist er! Und ich liebe ihn!

MARGARETHA. Was tust du?

ANNA. Ich sagte, ich liebe ihn!

MARGARETHA. Ist das vielleicht eine gute Partie? Ein Küchenjunge?

ANNA *verzweifelt.* Ja! Ist er! Und wenn ihr mich dafür vom Hofe jagen wollt, müsst ihr es eben tun! *Margaretha versteht die Welt nicht mehr.*

MARGARETHA. Ach, das kann doch nicht wahr sein.

FRIEDRICH *beschwichtigend.* Na, Moment mal. Heute

wird niemand vom Hofe gejagt. Wenn sich Anna zum Tanzen einen Küchenjungen wählt, zeigt dies nur, dass sie Sinn für Humor hat. Ha, ha.

MARGARETHA. Sagt, habt Ihr gerade nicht zugehört? Sie liebt ihn! Sie nimmt sogar eine Ächtung in Kauf!

FRIEDRICH. Ach ... sie ist siebzehn.

MARGARETHA. Ach, das ist doch wieder typisch! Vater und Tochter gegen die Welt. Dasselbe wie mit Hedwig! *Eine kurze, peinliche Pause entsteht.*

FRIEDRICH. Wir kommen so nicht weiter.

HONSBERG. Wenn eure Hoheit gestatten, ich kann das sicher klären. *Alle blicken gespannt zu Honsberg, niemand sagt etwas.* Ich habe dem Barthel hier schon vor Jahren der ersten Tochter des Bäckermeisters Hinze versprochen, der Sophie. Und sie wurde damals auch ihm versprochen. In zwei Jahren wäre es auch so weit. *An Barthel.* Er muss sich seiner Versprochenen nur wieder gewahr werden!

ANNA. Du bist jemandem versprochen?

BARTHEL. Ach... das ist doch ewig her.

ANNA. Wann wolltest du mir das denn sagen?

BARTHEL. Ich ... ich habe da gar nicht mehr ... das ist doch längst vergessen, sie ist unwichtig.

ANNA. Unwichtig? Das dir jemand versprochen wurde, ist dir unwichtig?

BARTHEL. Nein, so meine ich das nicht.

ANNA. Wie meinst du es denn?

BARTHEL. Das hatte ich wohl verdrängt ... irgendwie völlig vergessen.

ANNA. Vergessen? Vergisst du mich denn auch bald?

BARTHEL. Was?

ANNA. Hat sie dich denn auch bereits vergessen? Oder wartet sie vielleicht schon sehnsüchtig auf den Tag eurer Hochzeit! *Dreht sich weg von ihm.*

BARTHEL. Glaube mir, ich habe kein Interesse an der Sophie!

ANNA. Ich weiß nicht, was ich noch glauben soll. *Geht entschlossen und traurig weg.* Oder was ich vergessen soll! *Die Kinderfrau schaut ihr betroffen nach.*

KINDERFRAU. Prinzessin Anna.

MARGARETHA *zur Kinderfrau.* Geht ihr nach. Und Mathilde? Ich will wissen, wie lange das schon geht!

KINDERFRAU. Ja, Hoheit. *Geht Anna hinterher. Barthel ist sehr betroffen, er weint. Für ihn bricht eine Welt zusammen. Dennoch traut er sich angesichts der vielen Hoheiten nicht weiterzusprechen.*

MARGARETHA. Frau von Honsberg, kann ich davon ausgehen, dass Ihr das regelt mit Eurem Mündel?

HONSBERG. Jawohl, Eure Hoheit! Ganz gewiss, dass könnt Ihr.

MARGARETHA. Begleitet mich, Haugwitz. Ich muss der Kapelle einen Besuch abstatten.

HAUGWITZ. Ja, Hoheit. *Beide gehen.*

WILHELM *zu Friedrich.* Bei dir wird's aber auch nie langweilig. Wir gehen jetzt speisen, kommst du mit?

FRIEDRICH. Auf jeden Fall.

BARTHEL *an Friedrich.* Euer Gnaden, vergebt mir! Vergebt mir diese Impertinenz! Mein Fürst! *Friedrich, Wilhelm und die Herzogin bleiben noch einmal kurz stehen.*

FRIEDRICH. Aber mein junger Freund, es ist ganz natürlich, sich in die Prinzessin zu verlieben. Sie kommt nach ihrer schönen Mutter. *Wilhelm lacht, die Herzogin lächelt, Friedrich ebenso.*

BARTHEL *kleinlaut.* Ja, Eure Hoheit.

HONSBERG. Vielen Dank für Eure Güte und Nachsicht, Eure Hoheit! Gott beschütze Euch! *Friedrich, Wilhelm und die Herzogin gehen. Honsberg faltet kurz die Hände zum Gebet.* Herr! Ich danke dir!

HAUGWITZ. Der Kurfürst und seine Gäste ziehen sich nun zum Essen in den Festsaal zurück. Es sind alle eingeladen, ihm zu folgen. Es gibt den letzten Hirschrücken in vierzig Tagen, vom Wein wohl nicht zu reden. *Gelächter.* Esset und trinket, solange ihr noch könnt! *Zustimmung, Jubel. Haugwitz geht. Die meisten folgen ihm, bis auf eine kleine Gruppe Männer, die sich am Rand unterhalten. Während diese diskutieren, räumt das Küchenpersonal ab.*

RUSSWORM. Zurückgeben? Habe ich das vorhin richtig verstanden? Was meint er denn damit?

MOSEN. Denken die, dass ich meine neuen Äcker wieder hergebe, oder was? Sie sind doch gerade erst bestellt!

SCHWENCZ. Einen Teufel werde ich tun. Ich habe für meinen jetzigen Besitz gekämpft!

TREBIN. Ich ziehe dann mal wieder auf mein altes Gut zurück. Was davon übrig ist. Es nützt ja nichts.

MOSEN. Das ist ungeheuerlich! Die wissen wohl nicht, was sie uns hier antun! Was wollen wir denn mit unseren alten Fluren? Da ist alles niedergebrannt! Das muss denen doch klar sein!

RUSSWORM. Das muss verhandelt werden oder sie müssen uns halt etwas Vergleichbares geben. Das Alte jedenfalls ist nicht mehr zu gebrauchen. Ich kenne keinen, bei dem sich das noch lohnen würde.

SCHWENCZ. Die endlich Einigen machen sich heute keine Freunde! Was für ein Friede.

TREBIN. Ich lasse mich jetzt volllaufen. Etwas anderes bleibt mir ja nicht übrig.

RUSSWORM. Abwarten, hier ist noch nicht das letzte Wort gesprochen!

Altenburg, einige Monate später. Haugwitz, mit mehreren Schriftrollen bei sich, hält nach dem

Kurfürsten Ausschau, welcher nicht lange auf sich warten lässt. Friedrich geht schnellen Schrittes, ist nervös. Die Garde hat sich seiner Geschwindigkeit angepasst. Er sieht den wartenden Haugwitz und will eiligst an ihm vorbei.

FRIEDRICH. Haugwitz ... ich hoffe, es ist wichtig, ich muss zu meinem Sohn! Es geht ihm nicht gut.

HAUGWITZ. Mein Fürst, Hoheit, ich bedaure, aber dies hier kann wirklich nicht länger warten. Ich bitte um Vergebung, ich hätte Euch längst von seinen Briefen erzählen sollen.

FRIEDRICH. Welche Briefe? Vom wem sprecht Ihr?

HAUGWITZ. Der Kunz von Kauffungen, er will die Bedingungen des Naumburger Friedensvertrages nicht akzeptieren und fürchtet um das von Euch geschenkte Gut Schweikershain! Zuerst kamen nur seine eigenen Briefe, aber heute ... auch einer vom Gericht ... aus Friedberg.

FRIEDRICH. Bitte?

HAUGWITZ. Und sie geben ihm Recht!

FRIEDRICH. Wobei geben die ihm denn Recht? Dieses Schweikershain war Kriegsbeute und muss zurückgegeben werden. Kennen die den Friedensvertrag nicht?!

HAUGWITZ. Ich habe dies auch zurückgeschrieben, dass wir uns an den Naumburger Vertrag halten müssen. Doch die Forderungen Kunz von Kauffungens beschränken sich nicht nur auf die Aus-

gleichsschenkungen im Kriege, die er selbstverständlich vertragsgemäß zurückgeben muss. Hier
ist eine ganze Liste an Ausgaben, die er im Kriege
tätigen musste. Er meint hier, er hätte dies alles
nur für Euch getan. *Reicht Friedrich die Liste.*
Währenddessen Tumult im Schloss. Man hört Kla-
gen und Stimmen wie: Oh! Um Gottes willen! –
Das arme Kind, Gott hab es selig! – Die arme Fürs-
tin! – Der Thronfolger! – Die armen Kinder! – Ein
schwarzer Tag! ...

FRIEDRICH *liest.* Er schickt mir eine Rechnung?

HAUGWITZ. *Liest vom Brief des Kunz.* Er schreibt, dass
er auch weitere Gerichte bemühen werde, wenn
Seine Hoheit ihn länger ignorierten, wovon er jedoch nicht ausgehen möchte, da er fest daran
glaube, Seine Hoheit seien ein Mann von Ehre.
... Wer wird es dem Kurfürsten sagen? – Jemand
muss ihr helfen! – Was ist nur mit der Fürstin? –
Er ruht jetzt bald im Herrn, Hoheit. – Die Glocke!
Der Türmer muss die dunkle Glocke läuten! – Gebt
dem Türmer Bescheid! – Oh je, der Kurfürst hasst
diese Glocke ...
Haugwitz ist kräftemäßig am Ende. Er zittert, auch
wegen der Hofleute, zu denen er immer wieder
hinüberschauen muss, da er das Wehklagen aus
dem Schloss hört und weiß, was geschehen ist.
Auch Friedrich vernimmt das Wehklagen, igno-
riert es aber noch. Hoheit, ich befürchte, Kunz

von Kauffungen wird nicht aufhören! Der Kunz wird sich ... der Kunz, der Kunz ...

FRIEDRICH. Haugwitz! Ich kann den Namen Kunz nicht mehr hören! *Nach diesem Ausruf erschallt die dumpfe Todesglocke und macht unmissverständlich klar, was geschehen ist: Prinz Frederick ist gestorben. Friedrich durchfährt der Schrecken bei diesem unheilvollen Klang. Haugwitz muss die Augen schließen.*

HAUGWITZ. *Leise.* Ach du Großer Gott, die Glocke ... *Hofdamen und Zofen kommen weinend aus dem Schloss (durch das Tor sowie aus dem Haupttrakt). Sie fallen sich zum Teil gegenseitig und teilweise auch den Torwachen in die Arme, woraufhin diese ebenfalls in Trauer verfallen. Doch niemand wagt es, sich dem Kurfürsten zu nähern, wenngleich die Blicke auf ihn gerichtet sind.*

FRIEDRICH. Nein. ... Nein! ... Nein, nein, nein. Gott, bitte ... *Friedrich schwankt. Haugwitz, dem ebenfalls der Schrecken in den Gliedern sitzt, kann ihn nur mit Mühe stützen.*

HAUGWITZ. Unser Prinz! Um Gottes Willen ... Hoheit! *Haugwitz kann Friedrich nicht mehr halten, welcher auf die Knie fällt. Haugwitz folgt ihm und legt ihm seine Hand auf die Schulter. Die Gardisten knien mit gesenktem Kopf nieder. Langsam durch das Tor schreitend kommt Margaretha, gefolgt von der weinenden Kinderfrau. Die Kur-*

fürstin starrt nur geradeaus und steht unter Schock. Sie trägt das Gewand Fredericks auf beiden Armen (symbolisch anstelle einer Leiche) und bleibt vor Friedrich, der mit Haugwitz am Boden kauert, stehen. Die Kurfürstin steht eine kurze Zeit einfach nur da und wirkt wie eine unheimliche Erscheinung. Morta kommt mit Frederick heraus und geht mit ihm fort. Schließlich dreht Margaretha wieder um und geht langsam mit dem Gewand auf den Armen zurück. Alle gehen, sich gegenseitig stützend, hinterher. Haugwitz muss Friedrich aufhelfen und stützen, welcher einen Zipfel von Fredericks Gewand hält und nun theatralisch loslassen muss. Nachdem die Torwachen schluchzend das Tor von innen geschlossen haben, schreit Margaretha einmal laut auf.

MARGARETHA. Nein! *Frederick, sich seiner selbst als gehende Seele bewusst, singt ein Abschiedslied.*

Vale, mi pater, mi mater, vale
Mi fratribus, sororibus
Vale, mi amici, comites
Dominus vobiscum, vale
Nolite timere, vale, vale.

Auf Gut Schweikershain. Kunz und Freunde stehen hinter einer Wehrmauer an den Zinnen und diskutieren über Vergangenes. Mosen ist der Letzte, der im Krieg erhaltene Gebiete abgeben musste und Kunz vor Konsequenzen warnt. Kunz wurde zwar ebenfalls aufgefordert, doch hat er sich aus Stolz noch nicht darum gekümmert und will es wohl auch nicht.

KUNZ *kommt aus dem Hintergrund.* Jetzt mal' doch nicht den Teufel an die Wand. Du hast diese Äcker schon deshalb abgeben müssen, weil sie immer schon viel zu nahe an Thüringen lagen. Und mit dem Frieden haben die reinen Tisch gemacht und die Grenzen halt erneuert.

MOSEN. Und was ist mit Schönfels oder Schwencz? Deren neue Anwesen sind ebenfalls weg! Mitsamt den Ländereien!

KUNZ. Ich weiß nicht, wie da die Verhältnisse waren. Ihre alten Flure haben sie aber auch vielleicht etwas zu schnell aufgegeben.

MOSEN. So wie du Milowitz?

KUNZ. In Milowitz steht rein gar nichts mehr, Mosen. Das haben aber die Vitzthume auf dem Gewissen! Deswegen stehe ich ja in Fehde gegen sie und Herzog Wilhelm. Aber mit dem Kurfürsten hat das nichts zu tun. Er hat mich immer gut behandelt. Friedrich ist ein Ehrenmann. Ich muss ihn nur wieder daran erinnern.

MOSEN. Gerichtlich?

KUNZ. Er weiß, was zu tun ist und was sich gehört, aber solch hohe Herren brauchen da manchmal einen offiziellen Anstoß.

MOSEN. Nur, dass er mittlerweile auf keinen deiner Briefe mehr zurückschreibt! In der einzigen Antwort stand, dass der Vertrag von Naumburg Gesetz und Königswille ist. Früher oder später wirst du Schweikershain verlieren, du willst es bloß nicht sehen!

KUNZ. Ach, die hätten doch längst vorbeikommen müssen! Bis heute hat sich kein Vitzthum hier gezeigt. Im Gegenteil, ich hatte damals den Eindruck, die waren froh, dass sie's los waren. So heruntergekommen, wie hier alles war.

SCHWALBE. Niemand von uns hat mehr verloren als du, mein Junker. Erst Hartenstein, dann Milowitz, zuletzt noch die Auslöse an die Böhmen. Von deinem Stammgut ganz zu schweigen.

KUNZ. Ach Schwalbe, du nicht auch noch.

SCHWALBE. Ich sage ja nur, dass die Vitzthume den Naumburger Friedensvertrag genauestens kennen und wissen, was sie noch zu bekommen haben.

KUNZ *seufzt.* Wolltest du heute nicht den besten Hammeleintopf aller Zeiten kochen?

SCHWALBE. Zumindest war er mal der Beste in ganz Böhmen … und ja, er ist übrigens fertig.

KUNZ. Sag das doch gleich! *Geht zurück. Jemand im Hintergrund ruft.* Zu Tisch! Hammel! *Doch dann kommen Soldaten vorbei.*

TREBIN. Die Vitzthum-Brüder! Cimburg! Soldaten!

KUNZ *kommt genervt zurück.* Jetzt habe ich's aber endgültig satt!

CIMBURG *von weitem.* Mmh, böhmischer Hammel, das rieche ich bis hier her! Mensch, Kauffungen, dass du mich nochmal so nett einlädst, nach allem, was war. Ha ha. *Kunz steht zunächst wie versteinert da und kann nicht glauben, wen und was er sieht: Johann Cimburg, der ihn einst in Gera gefangen nahm, die verhassten Vitzthum-Brüder und dazu ausgerechnet Kursächsische Soldaten als Begleitung!*

KUNZ. Was, zum Teufel, willst du denn hier?!

CIMBURG. Siehst du die hier? *Zeigt auf die Soldaten.* Die sind jedenfalls nicht zum Essen hier. Und diese beiden Hoheiten wirst du bestimmt erkennen, die Herren von Vitzthum! – Was ich hier will... nun ich sag's mal so, *zeigt auf die Vitzthum-Brüder* alte Freunde haben mich um Unterstützung gebeten. Da konnte ich doch nicht nein sagen.

KUNZ. Als Bluthund der Vitzthume?!

CIMBURG *Kunz verbessernd.* Nein, als freier Kämpfer, so wie du! He, das wurde uns erst bewusst, als wir bemerkten, dass Friedrich dich gar nicht auslöst. Du warst gar kein verpflichteter Soldat des Sanftmütigen, sondern bist freiwillig nach Gera gezogen. Der stolze Kauffungen musste sich am Ende ganz stolz selbst freikaufen, ha ha.

APEL. Schluss jetzt! Lest ihm den Beschluss vor.

CIMBURG. Ah ja, richtig. *Entfaltet eine Schriftrolle und liest.* Konrad von Kauffungen, geboren am Donnerstag nach Martini, im Jahre des Herrn 1409, im Gute Kauffungen, bei Wolkenburg, Kursachsen. Hiermit seid Ihr ein letztes Mal aufgefordert, gemäß des Naumburger Friedensvertrages vom 27. Januar 1451, das im Krieg erhaltene Gut Schweikershain seinen nun rechtmäßigen Besitzern, den edlen Herren von Vitzthum, zu übergeben. Unterzeichnet: Georg von Haugwitz, Kanzler seiner Durchlaucht von Gottes Gnaden, Friedrich des Zweiten, Kurfürst von Sachsen, Markgraf von Meißen.

MOSEN *zu Kunz.* Ach, Kunz, die mussten irgendwann kommen. Wenn man aber auch vom Teufel spricht.

CIMBURG. Ist jetzt das dritte Mal, dass du vertrieben wirst. Das ist schon bitter. Aber vielleicht steht dir der sesshafte Ehemann einfach nicht? Wenn du nicht aufpasst, fällt deine Frau noch vom Glauben ab, ha ha. Mach dir doch nichts vor, es weiß mittlerweile jeder, dass sie lieber in Callenberg bei deinem Vetter ist.

KUNZ. Ich stopfe dir jetzt dein elendiges Maul! *Kunz macht sich schnell auf, um zu Cimburg zu gelangen.*

MOSEN. Kunz! *Zu den anderen.* Na los, hinterher!

Alle Männer auf den Zinnen rennen Kunz hinterher, um gegen Cimburg und die Soldaten zu kämpfen. Die Vitzthum-Brüder sind angespannt.

APEL. Ich hoffe, Ihr wisst, was Ihr hier tut, Cimburg!

CIMBURG. Keine Sorge, meine Herren, Kunz war schon immer ein Hitzkopf. Es macht aber auch zu viel Spaß. *Kämpfer und Freunde von Kunz, welche bereits vor Ort sind, greifen sofort die Kursächsischen Truppen an. Ein Ritterkampf entbrennt. Cimburg stellt sich schützend vor die Vitzthum-Brüder und wehrt jeden Angreifer ab. Kunz und die anderen kommen hinzu und stehen Cimburg nun ebenfalls gegenüber, der bereits Russworm, einen Freund von Kunz, zu Boden gestreckt hat.*

KUNZ. Auf diese Gelegenheit warte ich schon lange, du Hund! *Greift Cimburg an, beide fechten.* Du hättest nicht herkommen sollen!

CIMBURG. Ich wäre auch lieber in Böhmen geblieben. Allein das Bier bei euch ist ein Grund, nicht nach Sachsen zu reiten, ha ha.

KUNZ. Du bist aber hier!

CIMBURG. Geschäft ist nun mal Geschäft. Und eines kann ich dir sagen, selbst wenn du unsere kleine Truppe heute niedermachst, die Vitzthume werden wiederkommen und Friedrichs ganze Armee mitbringen! Denn der Friedensvertrag ist Gesetz und Schweikershain steht ihnen nun mal zu!

Kunz hört auf zu kämpfen, er überlegt ... Auch die anderen beenden daraufhin den Kampf und warten auf Kunz' Entscheidung.

APEL. Was ist jetzt, Kauffungen? Müssen wir nochmal wiederkommen oder räumt Ihr endlich unser Gut?!

KUNZ *beruhigt sich.* Schwencz?

SCHWENCZ. Ja, Kunz?

KUNZ. Begib dich nach oben und sage allen, dass wir Schweikershain räumen, wir haben keine andere Wahl. Ladet alles auf, was uns gehört! Jedes Stück Brennholz, jede Sau, jeden Knopf, alles!

SCHWENCZ. Ja, mache ich. *Läuft los.* Den Eintopf auch?

KUNZ. Vor allem der Eintopf!

CIMBURG. Och. *Schwencz ist bereits auf halbem Wege nach oben. Die anderen stehen noch mit gezogenen Schwertern den Soldaten gegenüber. Kunz steckt sein Schwert weg.*

KUNZ. Männer, Freunde ... steckt die Schwerter weg. Hier heraus gehen wir erhobenen Hauptes! – Trebin, Ihr bringt zusammen mit Schwencz alles Gut und Leute nach Callenberg zu meinem Vetter. *Zeigt auf den am Boden kauernden, verletzten Russworm.* Und kümmert euch um Russworm! *Trebin hilft Russworm auf und geht mit ihm ab.* Schönfels, Mosen ... und Schwalbe, ihr kommt mit mir. Das wird jetzt endgültig geklärt!

Kunz und die Genannten ziehen los. Busso Vitz-thum überreicht Cimburg ein Geldsäckchen, wo-raufhin dieser zufrieden von dannen zieht.

CIMBURG. Danke, Herr!

APEL *zu Busso.* Hattest Recht, Cimburg ist immer noch sein Geld wert. Aber dass wir beide mal gemeinsam mit Soldaten des Kurfürsten durch die Gegend ziehen ... ich hätte nicht darauf gewettet. Ha ha. *Beide Vitzthume gehen mit Gelächter, flankiert durch die Kursächsischen Soldaten, auf das Gut Schweikershain. Kunz macht sich unterdessen mit seinen Freunden und Vertrauten auf den Weg zum Altenburger Schloss. Dort angekommen, beginnt Kunz nach Friedrich zu fragen und laut zu rufen. Die Wachen nehmen eine Abwehrhaltung ein. Kunz und seine Männer bleiben am Rand stehen.*

KUNZ *zu seinen Gefährten.* Ihr bleibt erst einmal hier. *Kunz lässt sein Schwert zurück, er wirft es auf den Boden und läuft los.*

SCHWALBE. Dein Schwert!

KUNZ. Ich will reden und nicht kämpfen. *Geht vor das Tor, wenn auch in gehörigem Abstand zur Torwache.*

TORWACHE 1. Kauffungen! Was wollt Ihr denn hier?

KUNZ. Ich will mit Friedrich sprechen!

TORWACHE 2. Es ist besser, Ihr geht wieder! Der Kurfürst ist gerade gar nicht gut auf Euch zu sprechen.

KUNZ. Und ich nicht auf ihn. *Ruft.* Friedrich!

TORWACHE 2 *lauter.* Seid doch vernünftig!

KUNZ. Friedrich! *Zunächst kommen Hofdamen aus lauter Neugier heraus, danach Kanzler Haugwitz und Kurfürstin Margaretha. Prinzessin Hedwig sieht aus dem Fenster zu. Die Tür der Küche öffnet sich einen Spalt und Honsberg schaut vorsichtig heraus. Kunz ruft weiter.*

KUNZ. Mein erlauchter Herzog und Herr!

TORWACHE 1. Kunz!

KUNZ. Kurfürst von Sachsen! Markgraf von Meißen! Friedrich! *Es folgen die Prinzen, welche sich einerseits sehr freuen, Kunz wiederzusehen aber andererseits verstehen, dass hier etwas nicht stimmt. Ihnen folgt die Kinderfrau.*

ERNST. Kunz!

ALBRECHT. Kunz! *Margaretha nimmt die beiden beiseite.*

MARGARETHA. Still! Ihr bleibt hier!

Als Kunz die Prinzen erblickt, wird ihm anhand ihrer Kleidung klar, dass Frederick seiner Krankheit erlegen und Ernst jetzt der Thronfolger sein muss. Deswegen will er auch nicht mehr laut rufen. Und das muss er auch nicht. Friedrich kommt mit seiner Garde (in V-förmiger Formation) durch das Tor geschritten. Die Gardisten nehmen eine Abwehrhaltung ein und bleiben mit Friedrich vor Kunz stehen.

FRIEDRICH. Kauffungen ... was für eine finstere Mine. Erst kommst du gar nicht mehr vorbei und jetzt schreist du dein letztes bisschen Verstand in die Welt? Darf man denn fragen, was meinen alten Vogt und Kämpfer so ... ungezogen werden lässt?

KUNZ *muss sich beherrschen.* Ungezogen?!

FRIEDRICH. Du verlierst in Gera, lässt dich gefangennehmen, erholst dich schließlich irgendwo in Böhmen und dann? – Keine Entschuldigung, nichts!

KUNZ. Mein Fürst, ich hatte Euch geschrieben, was geschehen war. Viele Male.

FRIEDRICH. Hab' nichts bekommen. Außer den Forderungen eines Irren!

KUNZ *nimmt's hin.* Hoheit, Ihr wisst sicher, warum ich hier bin, warum wir alle hier sind! *Dreht sich kurz zu den anderen, die mit ihm gekommen sind. Friedrich setzt ein fragendes Gesicht auf.*

FRIEDRICH. Ist da vielleicht irgendetwas, das du mir sagen möchtest? *Stimme ernst und drohend.* Irgendetwas, das wichtiger als der Friede mit meinem geliebten Bruder ist?!

KUNZ. Der Frieden ist wichtig, ja. Aber zu welchem Preis? Wir haben für Euch gekämpft, gegen Euren Bruder, die Böhmen und *sarkastisch* die edlen Herren von Vitzthum! Und wir wurden verwundet, verschleppt, gefangen oder getötet!

FRIEDRICH. Ach, Haugwitz? Wie war das damals noch

mit Gera? So viel mir bekannt ist, konnte sich der ... Freie Edelknecht Kunz von Kauffungen doch auslösen, oder? *Haugwitz nickt, aber Kunz gibt die Antwort.*

KUNZ. Ja, mit viertausend Gulden! Das mag Euch vielleicht nichts bedeuten. Ich aber habe zwei Jahre für diese Summe gebraucht! Es hat mich fast ruiniert. Jedoch ... als ich meine Güter zuvor im Kriege verlor, hattet Ihr mir neues Land geschenkt! Abgenommen von den Vitzthumen, die für die Zerstörung verantwortlich waren. Das war ausgleichende Gerechtigkeit! Wir siedelten uns neu an, hatten eine Heimat und konnten wieder leben, dank Euch! – Doch jetzt, weil in einem willkürlichen Vertrag etwas neu geregelt wurde, kommen Kursächsische Soldaten in Begleitung des Böhmen Johann von Cimburg vorbei, bezahlt von den Vitzthum-Brüdern, welche gleich noch mitgekommen sind, und befehlen uns in Eurem Namen die sofortige Räumung! – *Traurig schüttelt er den Kopf.* Emigranten habt Ihr aus uns gemacht, Hoheit. *Stimme verzweifelter.* Vertrieben habt Ihr uns! *Wütend.* Danke, mein Fürst! Für Nichts! *Friedrich hebt die rechte Hand und schnippt mit den Fingern, seine Garde bringt Kunz daraufhin in ihre Gewalt und zwingt ihn auf die Knie. Friedrich geht auf Kunz zu und bleibt, sich in Sicherheit wissend, direkt vor ihm stehen. Der*

Gesichtsausdruck des Kurfürsten wird ernst.

FRIEDRICH. Was glaubst du eigentlich, wen du hier anblaffst?! – Hör mir jetzt gut zu! *Kunz' Gesichtsausdruck wird etwas ängstlich.* Um des ehemaligen ... Verhältnisses willen ... gebe ich dir den Rat, lass es gut sein! Der Frieden ist auch der Wille unseres neuen Kaisers! Und alles wieder so herzustellen, wie es vor dem Krieg war, ist der beste Weg, diesen Frieden zu gewährleisten. Was bedeutet, dass Schweikershain wieder zurück an die verdammten Vitzthume gehen muss! – Das muss mir nicht gefallen, das ist Politik! Wärst du von höherem Adel, würdest du das verstehen.

KUNZ. Politik... Und wo sind bei alledem noch Ehre und Anstand? Wo Edelmut und Gerechtigkeit? Ich hielt Euch für einen ehrbaren, tugendhaften Mann ...

FRIEDRICH. Wach auf, Kunz, wir haben nicht mehr das dreizehnte Jahrhundert. – Am besten, du verlässt dieses Land! Nimm deine ganze Sippe und verschwinde aus meinem Leben! Hier ist kein Platz mehr für deine Ehre und dieses lächerliche, veraltete Getue!

KUNZ *entsetzt.* Ich kann einfach nicht glauben, was ich da höre! *Wird lauter.* Die Gerechtigkeit geht vor die Hunde wegen eines hochadligen Frevels, den man Friedensvertrag nennt!

FRIEDRICH. Kauffungen! ... Verlass! Kursachsen!

Andernfalls werfen wir dich ins letzte, stinkende Loch, direkt neben dem Abtritt! Deine Frau wandert ins Kloster und deine Kinder hole ich mir hier an den Hof unter Aufsicht deines verhassten Schwagers und lass sie zu gehorsamem Dienern ausbilden! Da hätten sie wenigstens einen richtigen Herrn, zu dem sie aufblicken können! *Geht sehr nah an Kunz heran.* Wäre das nicht ... *zynisch* barmherzig? *Friedrich geht, fies lachend zurück ins Schloss. Die Garde lässt von Kunz ab und folgt dem Kurfürsten. Kunz muss sich zusammenreißen, diese Schmach wegzustecken, ohne laut loszuschreien. Er atmet heftig und ist geschockt, enttäuscht und wütend zugleich. Er fühlt sich wie ein getretener Hund. Einen solchen Tiefpunkt hat er noch nie zuvor erlebt. Er bleibt zunächst auf Knien mit gesenktem Kopf am Boden. Alle außer Kunz erstarren nun im Freeze. Morta kommt. Kunz bemerkt den Freeze zunächst nicht, sondern verharrt noch so, wie ihn die Garde zurückließ. Doch dann blickt er auf.*

KUNZ *erschrickt kurz.* Ihr seid wieder da!

MORTA. Und ... hat Friedrich Recht? Ist die Zeit der Ehre vorbei? Oder wird Kunz von Kauffungen den Kurfürsten Lügen strafen?

KUNZ *schüttelt den Kopf.* Mir mit den Kindern zu drohen, meine Familie zu beleidigen ... Gestern noch habe ich diesen Mann als Freund bezeichnet! Die Zeit alter, ritterlicher Tugenden mag vielleicht vorbei sein ... Aber an mich wird sich Friedrich noch erinnern, das schwöre ich!

MORTA. Hast du einen Plan?

KUNZ *überlegt.* Meine Kinder will er holen und erziehen? Er kümmert sich noch nicht einmal um seine eigenen! Die würden alles für ihn tun, doch er bemerkt es überhaupt nicht. Ich sollte den Spieß vielleicht umdrehen! Die Seinen zu mir holen. Da hätten sie wenigstens Freude am Leben ... und einen Freund.

MORTA. Mein Angebot steht. Was auch immer du vorhast, man wird dich eintausend Jahre lang nicht vergessen und damit auch nicht die Sache gegen Friedrich, die du nun beginnst zu planen. Sei dir aber eines bewusst ... es sind letztlich deine Taten, die dich definieren. Überlege gut, was du tun wirst.

KUNZ. Euer Angebot ehrt mich sehr! Doch ich bin nicht der Einzige, der noch eine Rechnung mit Friedrich offen hat. Diese tapferen Männer dort, ein jeder von Ehre und Furchtlosigkeit, im Stich gelassen von einem Fürsten, dem Politik wichtiger ist! Ich sage ja zu Eurem Angebot! Ja, ich werde mit Euch gehen und bei Euch bleiben, wenn Ihr uns die Ehre zurückgeben könnt, die uns zusteht!

MORTA. Wenn du andere mit teilhaben lassen willst,

dann solltest du sie in deinen Plan mit einbezie-
hen. Ich sage dir etwas, ich werde dir bei deinem
Unterfangen sogar ein wenig helfen. *Lächelt, entfernt sich nach und nach von ihm.* Ich verrate
aber nicht, an welcher Stelle.

KUNZ. Ich danke Euch. Und ich werde zu meinem
Wort stehen und am Tage meines Todes bei Euch
bleiben. Doch jetzt wird Friedrich von Sachsen
den Kunz von Kauffungen noch einmal kennen-
lernen! *Verächtlich.* Der Sanftmütige … Der Ty-
rann! *Der Freeze löst sich und alle vorm Schloss
gehen wieder zurück (auch die Torwachen). Albrecht und Ernst halten kurz Blickkontakt zu
Kunz. Er sieht ihnen nach. Mosen, Schönfels und
Schwalbe kommen herüber.*

SCHÖNFELS. Na, Kunz, habt Ihr nun genug gehört?

SCHWALBE *aufgebracht.* Dieser widerliche Hund!
Wenn du irgendetwas planst, Kunz, ich bin dabei! Dem zeigen wir's! *An Mosen.* Hast du gehört,
was er Kunz' Familie angedroht hat?

MOSEN *an Kunz.* Dass mit Friedrich nicht zu spaßen
ist, wolltest du uns nie glauben. Was machst du
jetzt? Sachsen verlassen, wie es dem barmherzi-
gen Kurfürsten am liebsten wäre?

SCHWALBE. Oder treten wir ihm in den Arsch! Und
retten deine Ehre! *Kunz geht einige Schritte,
nachdenklich, ruhig, planend.*

SCHÖNFELS. Kunz, was geht Euch durch den Kopf?

Wenn Ihr Vergeltung sucht, wir folgen Euch.

SCHWALBE. / MOSEN. Ja! *Alle hängen an Kunz' Lippen.*

KUNZ. Wir brauchen jemanden im Schloss. Und wir müssen geduldig sein, den richtigen Moment abwarten. – Dieser Schachzug muss genau geplant sein!

MOSEN. Wir trommeln einfach alle, die dir ergeben sind, zusammen und dann fordern wir ihn heraus!

KUNZ. Nein, so besiegen wir ihn nicht. Friedrich kennt keine Ehre, das weiß ich jetzt. Wir machen es wie er, wir schleichen uns durch die Hintertür. Schwalbe, du bietest dich ihnen als Koch an und stellst dich der Küchenmeisterin Honsberg vor. Die wäre dumm, wenn sie dich nicht nehmen würde. Und wenn du einmal drin bist und ihre Gewohnheiten kennst… Ich muss wissen, wann sie zu Bett gehen und wo genau sie schlafen.

SCHWALBE. Ja! Und dann erdolchen wir Friedrich im Schlaf! – Nein?

SCHÖNFELS *zu Schwalbe.* Ich denke, das hat er nicht vor.

MOSEN. Und was hast du vor, Kunz? *Die Spannung steigt.*

KUNZ. Wir entführen die Prinzen! *Damit machen sie sich auf den Weg. Schwalbe und Mosen steht der Mund offen. Schönfels nickt zustimmend mit dem*

101

Kopf.

Anna kommt aus dem Garten und sieht im Vorbeigehen sehnsüchtig zur Küchentür. Als sie schon vorbei und fast am Tor ist, öffnet sich die Tür und Barthel tritt mit einem Korb heraus. Ihre Blicke streifen sich, doch beide sagen nichts. Lediglich in ihren Augen steht der Ausdruck des Leidens. Beide möchten sich so gern in die Arme fallen ... Barthel blickt kurz nach unten. Als er wieder aufsieht, kann Anna seinen erneuten Blick nicht ertragen und geht seufzend durchs Tor. Barthel macht sich schließlich auf den Weg in Richtung Markt.

Wenige Tage später. Es ist kurz vor Mitternacht. Die Wachen, welche ihren Nachtdienst antreten wollen, kommen torkelnd durch das Tor und können es nur mit Mühe schließen. Wache 1 bricht zusammen und kann sich geradeso noch sitzend ans Tor lehnen. Wache 2 geht ebenfalls zu Boden und schläft ein. Von außen kommen Kunz, Mosen und Schönfels, sowie weitere Mitstreiter, jedoch in größerem Abstand. Sie warten und halten die Augen offen. Schwalbe kommt direkt durch das Schlosstor gelaufen ... er trägt eine besondere Flasche.

KUNZ. Schwalbe? Sag mal, du spazierst hier offen im Schloss herum?

SCHWALBE *betrunken.* Freunde! Der Mond scheint! Willkommen zum Prinzenraub!

KUNZ. Lass doch den Blödsinn. Und sprich leise! *Sieht die Wachen liegen.* Was ist denn mit den Wachen los?

SCHWALBE. Och …

KUNZ *glaubt, dass Schwalbe etwas Dummes getan hat.* Sag mir jetzt nicht, dass du hier alle abgestochen hast!

SCHWALBE. Die Wachen da schlafen, weil sie ein kleines Schlückchen von meinem speziellen Wein getrunken haben. Genauso auch die Türmer und die Diener und die Stallburschen und die Zofen …

KUNZ. Du hast alle hier mit starkem Wein abgefüllt?

SCHWALBE. Wenn man schon in der Küche arbeitet, hat man auch Zugang zu feinsten Getränken.

KUNZ *riecht Schwalbes Atem.* Mensch, du bist doch betrunken!

SCHWALBE. Ach, ich hab mit denen nur ein bisschen angestoßen. Ich musste ja alle irgendwie dazu überreden, aus meiner Flasche zu trinken. Und es wäre doch aufgefallen, wenn ich nicht mitgetrunken hätte.

KUNZ. Soll das heißen, du hast dasselbe Zeug getrunken? Bist du noch zu retten?

SCHWALBE. Na … schau mal hier, *präsentiert Kunz seine Flasche genauer,* wenn ich diesen kleinen

Hebel hier so lasse, wie er jetzt ist, kommt aus der Flasche ganz gewöhnlicher Wein. Doch wenn man das kleine Teufelchen nach hinten stellt, fließt zum Wein noch die Alraune. Doppelwandig. Spezialanfertigung. Ich habe keine Kosten gescheut.

KUNZ *entsetzt.* Du hast den Hofstaat mit Alraune vergiftet?!

SCHWALBE. Ach, doch nicht vergiftet! Die schlafen jetzt alle bis morgen Nachmittag … denk ich. An die Kurfürstin und die Kinder bin ich allerdings nicht herangekommen.

KUNZ. Gut, gut! Mit den Prinzen muss ich nämlich selbst sprechen. *Nimmt Schwalbe an den Schultern und sieht ihm ins Gesicht.* Schwalbe. Das ist unglaublich, dass du schon so viele außer Gefecht setzen konntest. Du hast dich selbst übertroffen! Umso leichteres Spiel haben wir jetzt. Aber du musst nun los, mein Guter. Ich schicke dich nämlich direkt nach Callenberg. *Schwalbe nickt alles ab.* Hier, diesen Brief bringst du meiner Familie. Und dann seid ihr umgehend auf bestem Wege nach Böhmen! Du weißt ja, wohin. Schaffst du das? Kann ich mich auf dich verlassen?

SCHWALBE. Ja, mein Junker, ich tue alles, was du sagst, mein Ehrenwort!

KUNZ. Wenn alles einigermaßen so läuft wie geplant,

werden wir sogar noch vor euch dort eintreffen. Und wir werden hohe Gäste haben!

SCHWALBE. Ich werde dich nicht enttäuschen! *Zieht los.*

SCHÖNFELS. Wie schön, dann lasst uns die Prinzen holen. *Ein Geräusch am Tor.*

KUNZ. Vorsicht, da ist jemand, haltet euch bereit! *Mosen, Schönfels und Kunz ziehen ihre Schwerter und gehen in Angriffsposition. Durch das Tor kommt Prinz Albrecht.*

ALBRECHT. Kunz? Bist du das wirklich?

KUNZ *unsicher.* Prinz Albrecht? *Zu Schönfels und Mosen.* Schwerter weg! Bleibt zurück, ich mache das.

SCHÖNFELS. Er kommt von allein heraus, wie passend. *Kunz geht ein Stück auf Albrecht zu.*

ALBRECHT. Kunz! Ich wusste doch, dass ich dich gesehen hatte! *Läuft auf Kunz zu und umarmt ihn. Kunz ist gerührt und zugleich überrascht.*

KUNZ. Mein Prinz ... was macht Ihr denn zu dieser Nachtzeit hier draußen?

ALBRECHT. Na, dasselbe könnte ich dich fragen. Also, meine Ausrede ist, dass ich einfach wach geworden bin. Ich konnte nicht mehr einschlafen, also bin ich ein wenig umhergelaufen. Und, soll ich dir etwas sagen, auf den Gängen liegen die Diener und schlafen! Und dasselbe am Tor, da liegen die Wachen, hackedicht! Wahrscheinlich haben die sich alle auf Kanzler Haugwitz' Fest total betrunken und sind dann irgendwann zurückgekommen ... Na, und jetzt habe ich dich durchs Fenster gesehen, wie du mit dem neuen Koch gesprochen hast. Und du?

KUNZ. Ich?

ALBRECHT. Was ist deine Ausrede, so spät noch auf zu sein?

KUNZ. Ja ... ich wollte meine Prinzenfreunde einmal besuchen ... aber mit dem Kurfürsten ist zurzeit schwer auszukommen ... Deswegen bin ich lieber heimlich hier.

ALBRECHT. Wir haben erlebt, wie er dich behandelt hat. Das war falsch und so gemein! Vater kann zu denen, die er nicht leiden mag, sehr grausam sein. Und seit er die Gardisten hat, lässt er es auch jeden spüren. Diese fremden Ritter sind ihm wichtiger als alles andere. Sogar als wir! Er verbringt nur noch Zeit mit denen. Wir wollten schon ein paarmal davonlaufen! Aber weiter als in den Garten sind wir nicht gekommen.

KUNZ. Ja, wisst Ihr, darüber habe ich auch schon nachgedacht. Und, ganz ehrlich, deswegen bin ich eigentlich hier. Ich finde, wir sollten Eurem Vater einen Denkzettel verpassen und einfach verschwinden! Was sagt Ihr dazu?

ALBRECHT *ist begeistert.* Ehrlich? Wir verschwinden wirklich?

KUNZ. Ihr lauft einfach fort.

ALBRECHT. Du würdest uns dabei helfen? Und sogar riskieren, dass unser Vater dich dann jagen lässt?

KUNZ. Das würde ich! – Wollen wir herausfinden, wie lange es dauert, bis Kurfürst Friedrich Euch vermisst?

ALBRECHT. Das kann länger dauern, als du denkst! Als Frederick gestorben war, hat sich Ernst zwei Tage im Garten versteckt. Nicht einmal Mutter hat das gleich bemerkt.

KUNZ. Es wird also Zeit, dass man Euch wieder beachtet!

ALBRECHT. Du hast Recht. *Überlegt kurz.* Ja, genau! Ich hole jetzt meinen Bruder und dann machen wir uns aber so was vom Acker! *Albrecht geht zielstrebig hinein, Kunz hat gar keine Zeit, etwas zu erwidern. Mosen kommt herbei.*

MOSEN. Was wird denn das? Du lässt ihn wieder hineingehen?

SCHÖNFELS. Er wird zweifelsohne seinen Vater wecken.

KUNZ. Nein, Friedrich ist in Leipzig, mitsamt seiner Garde.

MOSEN. Dann weckt er irgendwelche anderen auf, so fröhlich wie er jetzt gelaunt ist. Das kann doch gar nicht gut gehen!

KUNZ. Ganz ruhig, Mosen. Mein Gefühl sagt mir, dass heute alles klappt. Er wird wiederkommen und Prinz Ernst mitbringen, dann reden wir noch ein bisschen und reiten schließlich los.

MOSEN. Na, dein Wort in Gottes Ohr!

KUNZ. Gott hat damit weniger zu tun. *Ernst und Albrecht kommen zusammen aus dem Tor und gehen zu Kunz.*

ERNST. Kunz! Du bist wieder da! *Er fällt Kunz in die Arme.*

KUNZ. Prinz Ernst … Es tut mir so leid, dass ich nicht für Euch da sein konnte!

ERNST. Dafür bist du doch jetzt hier! Wir können unseren Plan nun gemeinsam umsetzen.

KUNZ. Euren Plan?

ERNST. Ja, wir haben schon oft darüber gesprochen, aber es nie wirklich versucht. Bis jetzt.

KUNZ. Was denn versucht?

ERNST. Wirklich eine Weile zu verschwinden. Das Schloss zu verlassen. Vater einen Schrecken einzujagen! – Vielleicht lässt er dann die Garde stehen und will wieder mehr mit uns zusammen sein, so wie früher.

ALBRECHT. Du meinst, wir sollten es heute endlich versuchen? Und diesmal weiter als in den Garten?

ERNST. Viel weiter! Jetzt ist doch Kunz da. Einen besseren Beschützer auf unserer Reise können wir uns gar nicht wünschen. Wir tun es heute oder gar nicht!

KUNZ. Ich habe auch Proviant dabei, Wasser und Pferde sowie ein paar Freunde, die uns noch begleiten würden, sollte uns irgendwer angreifen. Diese beiden hinter mir werden uns den Rücken freihalten! Und weiter unten sind sogar noch mehr Freunde. Das ist alles für Euch. Wir alle beschützen Euch, hohe Prinzen.

ERNST *spielt den Hochnäsigen*. Gut. Und wie sind die werten Namen der Mitstreitenden?

SCHÖNFELS. Bitte?

MOSEN. Hä?

KUNZ. Eure Namen, sagt sie dem erlauchten Prinzen!

MOSEN. Ähm, Wilhelm von Mosen, mein Prinz, zu eurem Schutze bereit.

SCHÖNFELS *trocken*. Schönfels, Wilhelm von.

KUNZ *spielt mit*. Kauffungen, Konrad von, Schrecken des Leinawaldes, Herrscher von Isenberg. *Alle lachen, außer Schönfels.*

SCHÖNFELS. Wirklich ...

MOSEN. Gut. Reiten wir jetzt los?

ERNST. Auf jeden Fall! Vater sagt doch immer, zeig den anderen deinen Willen, nur so werden sie dich respektieren! Und genau das tun wir jetzt endlich!

ALBRECHT. Genau, wir zeigen ihm, wer die Prinzen von Wettin sind! Komm, Ernst, wir holen Donner und Blitz! *Fest entschlossen, ihrem Vater zu beweisen, was sie wert sind und dass Kunz der*

*beste Freund ist, eilen die Prinzen los. Kunz ist
verblüfft.*

SCHÖNFELS. Und wo gehen sie jetzt wieder hin? Wir
müssen genau in die andere Richtung!

KUNZ. Sie holen ihre Pferde. Sie nehmen natürlich
ihre eigenen mit.

SCHÖNFELS *sarkastisch*. Natürlich.

KUNZ. Lasst doch gut sein, so reiten sie wenigstens
sicher.

SCHÖNFELS. Und wir müssen sie nicht knebeln, auch
gut.

MOSEN. Meine Güte, ich glaube es einfach nicht. Wir
sind hier ohne Widerstand hereinspaziert, haben
praktisch noch niemanden getötet, aber reiten
gleich mit den Prinzen davon. Wie machst du
das, Kunz?

KUNZ. Das ist nicht nur mein Verdienst. Die Hälfte
des Schlosses ist gar nicht da, weil sie mit Kanzler Haugwitz auf einer Verlobungsfeier sind, und
die andere Hälfte hat Schwalbe in den tiefen
Schlaf geschickt.

MOSEN. Dieser Teufelskerl!

SCHÖNFELS. Der Kurfürst jedenfalls wird sich noch
sehr wundern.

KUNZ. Das will ich doch stark hoffen. Auf geht's!
Wir treffen uns vorn. Ich bringe die beiden mit.
*Mosen und Schönfels gehen vom Schloss, die an-
deren ebenfalls. Kunz geht den Prinzen hinterher.*

Kurze Zeit später hört man Kurfürstin Margaretha nach den Prinzen rufen.

MARGARETHA. Albrecht? Ernst? – Seid ihr etwa noch einmal hinaus gegangen? Versteckt ihr euch? – Was ist hier los? Mathilde, was ist mit Euch? Sagt doch etwas! Großer Gott! Albrecht? Ernst? Wo seid ihr beiden? *Sie tritt aus dem Tor und stolpert über die liegenden Wachen. Hedwig, die aufgewacht ist, kommt ebenfalls hinzu. Margaretha hat Mühe, das Tor zu öffnen, da eine Wache dagegen lehnt.* Um Himmels Willen, was ist denn hier los? Wache! Aufstehen! – Was ist mit Euch, Erasmus? *Rüttelt an der Wache.* Wacht doch auf! Habt Ihr Prinz Ernst gesehen? Oder Albrecht? Das kann doch nicht wahr sein! *Hedwig kommt heraus, sie hat ihr Holzschwert dabei.*

HEDWIG. Mutter, was ist los? Werden wir angegriffen?

MARGARETHA. Ach, Schatz, ich weiß es nicht.

HEDWIG. Warum rufst du denn nach Albrecht, ist er weggelaufen? Vielleicht hat er sich ja im Garten versteckt, so wie Ernst neulich.

MARGARETHA *entdeckt den Fehdebrief bei der Wache.* Ich glaube nicht, dass er im Garten ist. – Geh wieder rein und suche deine Brüder ... vielleicht verstecken sie sich unterm Bett. *Hedwig eilt hinein.*

HEDWIG. Ernst und Albrecht! Ihr kommt sofort heraus! Oder sonst! *Margaretha entfaltet den Brief*

und überfliegt ihn, ihre schlimmsten Befürchtungen bestätigen sich.
MARGARETHA. Friedrich ... *verzweifelt.* Kauffungen? Das ist doch alles nicht wahr! *Laut.* Wo hast du meine Söhne?! *Margaretha wirft den Fehdebrief auf den Boden und läuft ein Stück vom Schloss weg. Sie muss etwas unternehmen!* Kauffungen! Kauffungen!

VIERTER AKT

Alles wie im ersten Akt, Altenburg. Sturmläuten! Ganz Kursachsen lässt ununterbrochen die Kirchenglocken läuten. Friedrich, der von der Entführung durch eine Eilnachricht erfahren hat und aus Leipzig zurück ist, kommt raschen Schrittes heran und stellt sich vor das Tor; seine Garde nimmt Stellung ein.

FRIEDRICH *laut.* Haugwitz! *Haugwitz kommt hektisch und aufgeregt mit dem Fehdebrief in der Hand durch das Tor gelaufen. Friedrich hält ihm die Eilnachricht, welche ihn aus Leipzig zurückgerufen hat, vor die Nase.* Erklärt mir das!

HAUGWITZ. Durchlauchtigster! Großmächtigster! Es ist so entsetzlich!

FRIEDRICH. Haugwitz, was ist hier los, wo sind meine Prinzen?!

HAUGWITZ. Der Kauffungen, Hoheit, der Kunz von Kauffungen war hier! Und das hier hat er zurückgelassen! Den schlimmsten Brief von allen! *Übergibt Friedrich aufgeregt den Fehdebrief. Friedrich sieht nur kurz hinein. Er versteht sofort.*

FRIEDRICH. Haugwitz, das ist ein verdammter Fehdebrief!

HAUGWITZ *stammelnd, bejahend.* Hm-mm!

FRIEDRICH. Oh, sagt mir jetzt nicht, dass Ihr auch diesen Brief schon länger kennt und von seinen Absichten wusstet!

HAUGWITZ. Oh nein, nein! Gott ist mein Zeuge! Wenn ich gewusst hätte … Wir wären doch niemals feiern gewesen. Den Fehdebrief hat er bei seiner Tat hinterlassen. Ihre Hoheit, die Kurfürstin, hat ihn gefunden. Er hat unsere Abwesenheit teuflisch ausgenutzt und hier alle vergiftet! Und als alle der Ohnmacht erlagen, hat er sich die Prinzen geholt! Was für ein Schrecken! Ach, wenn wir geahnt hätten … Wenn wir nur geahnt hätten!

FRIEDRICH. Haugwitz! – Was habt Ihr bisher unternommen, außer diesem Krach überall?

HAUGWITZ. Eine Hundertschaft hat heute Morgen sofort die Verfolgung aufgenommen. *Stottert, etwas ängstlich.* Mi-mit Sondervollmachten. *Unsicher, ob er das durfte.* Damit sie auch wirklich jeden Stein umdrehen, jedes Haus durchsuchen und jede Mühle durchkämmen dürfen, sogar die Kirchen, sogar die Anwesen der Vasallen.

FRIEDRICH. Richtig so! *Haugwitz beruhigt dies ein wenig.*

HAUGWITZ. Und dann habe ich mir erlaubt, auch Seiner Hoheit dem Herzog eine Eilnachricht zu schicken. Er wird sicher helfen. Außerdem sind viele hundert Freiwillige dem Teufel Kauffungen bereits auf den Fersen. Ach, was sage ich, sicher Tausende! *Atmet erschöpft, seufzt.*

FRIEDRICH *überlegt.* Er will doch etwas erreichen ... er will etwas von mir ... also wird er ihnen erst einmal nichts tun. *Die Kurfürstin erscheint.*

MARGARETHA. Er hat sie einfach mitgenommen! Unsere beiden! *Umarmt Friedrich leicht.*

FRIEDRICH. Er wird ihnen nichts tun, Margaretha. Da bin ich mir ganz sicher.

MARGARETHA. Was will er denn überhaupt erreichen? Diese ganzen Briefe, die er stets an dich geschickt hat, du hast das immer abgetan. *Friedrich überlegt um die richtigen Worte, doch Haugwitz antwortet.*

HAUGWITZ. Diese Briefe, Durchlaucht, waren bisher ausnahmslos zwar Forderungen, aber allesamt höflich formulierte Anliegen. Eine Fehdeabsicht war darin nie zu erkennen, nicht im Ansatz, Hoheit.

FRIEDRICH. Wir haben ihn unterschätzt. Ich habe ihn unterschätzt.

HAUGWITZ. Ich kann einfach nicht glauben, was geschehen ist, kann nicht glauben, dass er das getan haben soll!

MARGARETHA. Aber er hat es getan, Haugwitz. Er hat uns alle getäuscht. Die Kinder haben ihm immer blind vertraut!

FRIEDRICH. Er kann das unmöglich allein gemacht haben. Nicht ohne Hilfe ... Ich sage, wir haben hier einen Verräter! Irgendjemand muss die Tore geöffnet und Speis und Trank vergiftet haben, denn das war er nicht selbst.

MARGARETHA. Das Küchenpersonal! Wenn jemand Zugang zu den Speisen hat, dann ja wohl die.

FRIEDRICH. Ja ... Ja! Verhaften! Alle verhaften! Haugwitz, die ganze Küche in Gewahrsam nehmen! Ich gebe Euch zu diesem Zwecke vorübergehend Gewalt über die Garde.

HAUGWITZ *ängstlich; zeigt auf die Gardisten.* Die ...?

FRIEDRICH. Erster Anführer, habt ihr das gehört?

GARDE 1. Hai, Sen-Kjo!

FRIEDRICH. Ihr folgt Haugwitz und nehmt jeden in Gewahrsam, den er Euch übergibt!

GARDE 1. Hai!

FRIEDRICH. Haugwitz, ich weiß, das übersteigt Eure Aufgaben. Doch sind alle vom Wein vergiftet die sonst dafür infrage kämen! Also, los!

HAUGWITZ *zögerlich.* Hai, mein Fürst. – Erster, erster Anführer? *Garde steht stramm.* Mi-mir nach. Ihr folgt mir zuerst zur Küche. Und danach ... sind die Diener dran. Los. *Haugwitz geht zur Küche, die Garde folgt. Er hämmert an die Tür.* Aufmachen! Im Namen des Kurfürsten! *In der Küchentür erscheint zunächst Barthel, er ist etwas verängstigt.* Die ganze Küche sofort heraustreten! *Frau von Honsberg, zwei Küchenhilfen, sowie ein weiterer Herr [ein Händler] treten heraus.* Aufgrund schlimmster Umstände bin ich ver-

pflichtet, euch alle festzunehmen! Widerstand ist
zwecklos!

HÄNDLER. Aber Herr Kanzler, ich bin ein freier
Händler! Ich gehöre nicht zur Küche. Ich ver-
kaufe nur Gewürze.

HAUGWITZ. Es ist wurstegal, wer er ist. Es sind
ausnahmslos alle verhaftet! Erster Anführer, in
den Turm mit allen! Und dann ... muss ich jeden
befragen. Abführen! *Die Garde nimmt den kleinen Trupp in die Mitte und alle lassen sich wider-
standslos abführen. Haugwitz geht voran.*

HONSBERG. Wir haben nichts getan. Wir sind un-
schuldig!

HAUGWITZ. Das wird sich noch feststellen lassen.

MARGARETHA. Der neue Koch ist gar nicht dabei ...
Wo ist denn der neue Koch?!

HONSBERG. Er ist heute nicht aufgetaucht, Hoheit. Er
fehlt! *Während Haugwitz mit allen abzieht, betreten, von der Seite kommend, Herzog Wilhelm und
seine Frau die Bühne, gefolgt von Diener und Zofe.*

WILHELM. So, Kunz von Kauffungen hat dir also den
endgültigen Brief geschrieben.

FRIEDRICH. Wilhelm! Mein Bruder.

WILHELM. Mein Bruder.

MARGARETHA. Werter Schwager. Werte Schwägerin.

FRIEDRICH. Du bist gekommen.

WILHELM. Das ist mehr als Ehrensache, es ist mir eine
Genugtuung! Ich biete dir alles Wissen um seine

mir bekannten Vorgehensweisen an. Alles, was wir über die Jahre zusammengetragen haben. Wenn's auch nicht viel ist.

FRIEDRICH. Richtig, du liegst ebenfalls seit Jahren in Fehde mit ihm! Das hatte ich ganz vergessen.

WILHELM. Eines kann ich schon mal sagen: Sein Bellen war immer stärker als sein Biss. Aber seine Forderungen an mich sind auch kaum vergleichbar mit denen, die er dir schickt.

FRIEDRICH. Mir die Erben fortzutragen ... Wir müssen ihn stoppen, koste es, was es wolle!

WILHELM. Nun, meine Truppen hast du zur Unterstützung. Wir wollen doch nicht, dass meinen Neffen irgendetwas geschieht.

FRIEDRICH. Ein gerissener Hund ist er, dieser Kauffungen! Er kennt die Wälder und Pfade, in die er unsere Kinder verschleppt hat.

WILHELM. Ich habe nach Eintreffen der Nachricht einen Großteil meiner Reiter gleich in Richtung Böhmen geschickt. Denn ich bin gewiss, dass er dahin will.

FRIEDRICH. Und ob er dahin will, dieser feige Hund! Auf die sichere Seite Böhmens!

HERZOGIN. Das Sturmläuten zeigt große Wirkung. Auf unserem Wege hierher haben wir viele Bewaffnete gesehen. Darunter auch viele Bürgerliche, welche die Wälder durchstreifen. Das ganze Land hilft mit.

MARGARETHA. Wir vertrauen auf Gott. Doch je mehr Männer ihn jagen, umso besser! Eure Hilfe ist jedenfalls wahrlich willkommen.

FRIEDRICH. Möge Gott diese unliebsame Prüfung bald beenden. *Margaretha geht mit der Herzogin ins Schloss, gefolgt vom Diener und der Zofe.*

WILHELM. Schon eine Idee, was du mit ihm anstellen willst, wenn wir ihn haben? *Friedrich sieht ihn fragend, fast schon vorwurfsvoll an.* Ich meine ja nur, er ist immerhin von gewissem Adel.

FRIEDRICH. Er ist eine Kröte, die ich zertrete!

WILHELM. Na, ich weiß nicht ob die Stände ...

FRIEDRICH. Die Stände? Ich will ihn hier vor mir sehen, kriechend im Staube!

WILHELM. Und dann? *Friedrich zögert, überlegt.*

FRIEDRICH. Dann Gnade ihm Gott! *Beide gehen ins Schloss.*

Das Sturmläuten zieht durchs Land. Russworm hat es schwer, seine Wunde von Schweikershain lässt ihn leiden und er wird langsamer.

KUNZ. Hört ihr das? Die läuten noch immer wegen uns. Wir müssen uns beeilen!

SCHWENCZ. Kunz! Warte.

KUNZ. Was ist mit euch, schafft es Russworm?

SCHWENCZ. Ich glaube nicht. Er hätte nicht mitkommen dürfen, seine Verwundung ist einfach zu stark. Er muss sich legen und richtig auskurieren!

RUSSWORM *stöhnt*. Es geht schon, ich schaffe das.

KUNZ. Mein guter Russworm, so sieht es aber gerade nicht aus. Schwencz? Es wird besser sein ...

SCHWENCZ. Ich kümmere mich um ihn, hast mein Wort. *Schwencz dreht mit Russworm um.* Na komm, wir suchen uns erst einmal ein gemütliches Gasthaus. Und hoffentlich haben die ein freies Bett.

ERNST. Geht es deinen Freunden nicht gut?

KUNZ. Dem Russworm geht's nicht gut, deswegen muss der Schwencz ihm helfen. Die beiden können heute leider nicht mit uns kommen. Was ist mit Euch, werte Prinzen? Wollt Ihr eine Rast oder könnt Ihr noch weiter?

ERNST. Rasten? Wir sind doch gerade erst los, Kunz! Einen Wettiner kann nichts aufhalten. Aber wir werden es dich wissen lassen, wenn wir eine Rast brauchen. *Kunz schmunzelt. Schönfels lässt sich ein Stück zurückfallen und dadurch auch Mosen.*

SCHÖNFELS *zu Mosen*. Diese sogenannte Entführung ist eine Farce.

MOSEN. Wieso, klappt doch alles hervorragend.

SCHÖNFELS. Ja, solange es den erlauchten Prinzen Spaß macht.

MOSEN. Kunz weiß schon, was er tut. Er hat zum Glück ein gutes Verhältnis zu den beiden. Die Prinzen mögen ihn. Als er noch Friedrichs Burgvogt war, hat er ihnen sogar das Fechten beigebracht.

SCHÖNFELS. Ich frage mich nur, ob er sie überhaupt entführen will.

MOSEN. Kunz macht das halt auf seine Art. *Kunz bemerkt, dass die beiden zurückbleiben.*

KUNZ. Kommt ihr?

SCHÖNFELS. Wir werden ja sehen.

Anna kommt gemeinsam mit den Torwachen von der Seite. Mit ihnen der gefesselte Barthel, dessen Augen verbunden sind. Die Torwachen müssen ihn führen.

ANNA. Halt! *Sie bleiben stehen.* Macht ihn los und entfernt die Augenbinde! *Eine der Wachen entfernt das Tuch, danach die Handfesseln. Jetzt sieht Barthel, wer vor ihm steht.*

BARTHEL. Anna?

ANNA *zu den Wachen.* Zurück auf eure Posten!

WACHE. Hoheit.

BARTHEL. Du bist es! *Freut sich kurz, wird jedoch wieder unsicher.* Hoheit.

ANNA. Beantworte mir zwei Fragen.

BARTHEL. Ja? *Bleibt kniend am Boden.*

ANNA. Hast du irgendetwas mit dem Wein zu tun, der hier beinahe den halben Hof getötet hätte?

BARTHEL. Ich schwöre beim Allmächtigen, dass ich damit nichts zu tun habe! Wenn du mir auch nichts mehr glaubst, aber das kann ich bei allen Heiligen versichern!

ANNA. Gut. Ich glaube dir. – Und was ist jetzt mit deiner Versprochenen?

BARTHEL. Ich war neulich in der Bäckerei, um das zu klären. Sie fiel aus allen Wolken, als ich die Verlobung ansprach. Aber als ich ihr sagte, dass ich jemanden liebe und sie unmöglich heiraten kann, war sie glücklich! Denn sie hat ebenfalls jemanden kennengelernt. Für den Bäckermeister eindeutig eine bessere Partie. Frau von Honsberg hat das Versprechen dann gelöst. *Anna kniet sich zu Barthel und nimmt seinen Kopf in die Hände.*

ANNA. Nun, jedem seine Partie. Eine bessere als dich will ich mir jedenfalls nicht vorstellen. *Beide küssen und umarmen sich.* Ich habe immerzu an dich denken müssen!

BARTHEL *aufgelöst, überglücklich.* Ich habe gedacht, ich sehe dich nie wieder!

ANNA. Ich bin so froh, dass das geklärt ist ... Ich muss dich noch etwas fragen, denn ich habe alle meine Sachen gepackt.

BARTHEL. Du hast deine Sachen gepackt?

ANNA. Eine Kutsche wartet unten. Auf uns beide. Ich will mit dir fortgehen!

BARTHEL. Du willst das Schloss verlassen? Mit mir?

ANNA. Ich habe Briefe geschrieben. Meine Vertraute wird sie in zwei Stunden übergeben.

BARTHEL. Aber dann wird man dich verstoßen!

ANNA. Es ist mir egal, was sie dann machen. Hier bleibe ich nicht länger! Kommst du mit? Ich habe alles, was wir brauchen.

BARTHEL. Ja. Oh, ja! Nirgends bin ich lieber als bei dir! *Beide stehen auf.* Aber wird ihnen das nicht den Dolchstoß verpassen? Jetzt, wo deine Brüder entführt wurden, verlässt sie auch die Tochter?

ANNA. Meine Brüder wurden nicht entführt.

BARTHEL. Was?

ANNA. Die Prinzen leiden schon lange unter Vaters Ignoranz. Der Kurfürst geht davon aus, dass seine Söhne stets zu ihm aufblicken. Und dass das niemals in Frage gestellt wird. Sie sind geflohen, um ihm zu zeigen, dass es eben nicht selbstverständlich ist.

BARTHEL. Aber der Kunz!

ANNA. Das ist die Frage. Verfolgt Kunz nur eigene Interessen, wie alle glauben? Oder will er den Prinzen wirklich helfen? Denn früher war er immer ihr Freund. – Wir jedenfalls, verschwinden jetzt von hier. Komm! *Anna nimmt Barthel an die Hand und beide eilen davon.*

BARTHEL. Du bist unglaublich. Ich liebe dich so.

ANNA. Ich liebe dich viel mehr!

Die Gruppe um Kunz ist am Fürstenberg angekommen. Die Prinzen werden etwas zögerlich, als es um die bevorstehende Überquerung der Böhmischen Grenze geht.

ERNST. Wir sind am Fürstenberg! Lasst uns rasten.

ALBRECHT. Ja. Können wir nicht gleich hier das Lager aufschlagen, Kunz? Es ist so schön hier.

KUNZ. Ihr wollt hier nächtigen, Prinz Albrecht? Wollen wir nicht lieber zu mir, auf meine neue Burg?

ALBRECHT. Na ja, ... ich weiß nicht, ob ich noch weiter will. Da drüben sind bald die Böhmen!

ERNST. Das wäre äußerst riskant, Kunz. Denn die Böhmen sind erklärte Feinde der Wettiner! Die wollen uns alle töten.

KUNZ. Ich werde es niemals zulassen, dass Euch irgendjemand etwas antut! Ob Böhme oder Buschgespenst. *Kunz lächelt, die Prinzen lachen.* Lasst uns erst einmal kurz verschnaufen. *Die Prinzen gehen ein kleines Stück und sehen sich aufgeregt um.*

SCHÖNFELS. Werter Kunz, kann es sein, dass Euer Vorgehen ein wenig geändert werden muss?

MOSEN. Wenn die Prinzen wirklich hierbleiben wollen, wäre das keine gute Idee. Man ist uns längst auf den Fersen, Kunz! Du musst sie überzeugen, wirklich mit nach Böhmen zu kommen.

SCHÖNFELS. Die ganze Aktion wäre gescheitert, wenn wir es nicht nach Böhmen schafften. Vielleicht solltet Ihr den lieben Onkel einmal kurz vergessen?

KUNZ. Ich weiß, was Ihr von mir erwartet. Aber ich sage es in aller Deutlichkeit, die beiden sind unsere Freunde! Niemand wird ihnen auch nur ein Haar krümmen! Wir machen alle nur einen Ausflug, verstanden?

SCHÖNFELS. Sicher doch. Und wann erklärt Ihr den beiden, dass es um unsere Forderungen geht? Dass es um Geld geht und unsere alten Güter?

KUNZ. Im Grunde wissen sie's ja schon. Wir alle wollen Friedrich einen Denkzettel verpassen.

SCHÖNFELS. Einen Denkzettel ... Ich weiß nicht, ob ich das so bezeichnen würde. Aber wenn's hilft, die beiden endlich über die Grenze zu bringen.

KUNZ. Ich rede mit ihnen. Sie haben nur kalte Füße, weil Böhmen ihr Feind ist. Und jetzt entschuldigt mich. *Lauter.* Ich muss mir einen Busch suchen. Ihr auch, Prinz Albrecht?

ALBRECHT. Ja, ich kann nicht mehr. *Beide gehen in verschiedenen Richtungen in die Büsche, Schönfels geht zu Mosen.*

SCHÖNFELS. Mein lieber Mosen, hört meine Gedanken. Ich glaube, wir müssen hier ein wenig intervenieren. Kunz steht gleich vor einer schwierigen Entscheidung. Dem jungen Albrecht muss es nur einfallen, dass er doch wieder nach Hause möchte, und Kunz lässt ihn gewähren! Ich sage, wir versuchen unser Glück ab jetzt allein.

MOSEN *macht große Augen.* Was meint Ihr denn

damit?

SCHÖNFELS *fokussiert Ernst, aber spricht zu Mosen.*
Der liebe Thronfolger ist gerade allein. Eine bessere Gelegenheit bekommen wir nicht. Und wir müssen schnell handeln. Wir schnappen ihn uns. Die Grenze ist doch nur noch einen Steinwurf entfernt!

MOSEN. Ich weiß nicht, ich weiß nicht ... Wie wollt Ihr das denn anstellen?

SCHÖNFELS *hält ein kleines Fläschchen hoch.* Damit. Wer das einatmet, kippt aus den Sporen.

MOSEN *zögerlich.* Ich finde es nicht gut, Kunz zu hintergehen. Er hat uns doch schon bis hierher gebracht!

SCHÖNFELS. Versteht mich nicht falsch, lieber Mosen. Kunz in allen Ehren. Ich lasse für gewöhnlich nichts auf ihn kommen. Aber hier zeigt er eine eindeutige Schwäche, die alles zunichtemachen wird.

MOSEN *unentschlossen.* Aber wenn er die Prinzen überzeugt, mit uns über die Grenze zu reiten?

SCHÖNFELS. Und wenn nicht? Wollt Ihr das wirklich riskieren?

MOSEN. Ach, dem würde schon etwas einfallen.

SCHÖNFELS *wird ernster.* Wir sind so kurz vor unserem Ziel, dass ich mich jetzt mit Sicherheit auf keine Spielchen mehr einlasse! Zieht mit, oder geht mir aus dem Weg! *Mosen ist hin und herge-*

rissen, er geht auf und ab. Entscheidet Euch rasch!

MOSEN. Also gut, ich mach ja mit. Sagt mir, was ich tun soll.

SCHÖNFELS. Ihr müsst ihn nur etwas abseits locken. Sagt ihm, dass wir seine Hilfe benötigen, lügt! Unsere Wasserflaschen sind zufällig leer ... ob er mit auffüllen hilft, ganz hier hinten an der Quelle? Na los! *Mosen geht zu Prinz Ernst.*

MOSEN. Hoheit ... Kunz ist sicher durstig ... Und hier hinten haben wir eine bequem zu erreichende Quelle. Da können wir auch gleich noch die armen Pferde tränken. Helft Ihr uns, die Wasserflaschen aufzufüllen, werter Prinz? Ohne Euch schaffen wir das nicht.

ERNST. Freilich helfe ich Euch, Herr Mosen. *Folgt ihm.* Wir sind hier im Walde. Was für ein Abenteuer! *Sie sind bei Schönfels angekommen.* Wahrscheinlich gibt es hier Bären und Wölfe. Doch ihr seid die Ritter, die mich beschützen dürfen. Ist das nicht aufregend?

SCHÖNFELS *tränkt ein Tuch mit Flüssigkeit aus der Flasche.* Aber sicher, Eure Hoheit. Für uns gibt es kein größeres Glück. *Er drückt dem Prinzen das Tuch auf den Mund.*

ERNST. Heh! Mmm ... *Schönfels zerrt Ernst zu sich und hält ihm das Tuch so lange auf den Mund, bis dieser ohnmächtig wird.*

SCHÖNFELS. Na los, helft mir, ihn auf sein Pferd zu heben. Wir müssen uns beeilen, Kunz kann jeden Moment zurück sein! *Mosen und Schönfels tragen Ernst eilig fort. Kurz darauf kommt Kunz zurück.*

KUNZ. Prinz Albrecht? Seid Ihr fertig?

ALBRECHT. Ja. Schau mal hier hinten. Ich könnte schwören, eine ganze Herde Rotwild gesehen zu haben. Mit einem riesigen Hirsch!

KUNZ. Womöglich. Aber lasst uns zurück zu den anderen gehen. Hier gibt's nicht nur Hirsche. *Sie gehen zurück, doch die anderen sind fort.*

ALBRECHT. Ernst?

KUNZ. Mosen? Schönfels?

ALBRECHT. Ernst!

KUNZ. Prinz Ernst! Schönfels?!

ALBRECHT. Wo sind die alle? *Kurze Ratlosigkeit.* Vielleicht haben sie sich auch einen Busch gesucht? *Geht weiter und sucht sie.*

KUNZ. Gut möglich … *Kunz findet das Tuch, mit dem Ernst betäubt wurde, hebt es auf und riecht kurz daran.* Bhh! *Wirft das Tuch weg.* Das glaube ich jetzt nicht. Das tut ihr mir nicht an! *Albrecht kommt schnell zurückgelaufen.*

ALBRECHT. Kunz! Ihre Pferde sind weg! Sie sind weg!

KUNZ. Prinz Albrecht … ich glaube, ich muss Euch jetzt etwas erzählen … über den wahren Grund dieses Ausfluges.

ALBRECHT. Der wahre Grund? Es geht doch um Vater. Wir zeigen ihm hier, dass er mit uns anders umzugehen hat. Und dich soll er endlich wieder ehrenhaft behandeln! Er muss sich bei dir entschuldigen.

KUNZ. Ja, aber das ist nicht alles. – Es geht auch um Forderungen, die ich an Euren Vater gestellt habe.

ALBRECHT. Ich weiß doch, du hast dieses Gut verloren. Erst hat er es dir geschenkt und dann hat er es wieder eingezogen, um es den Vitzthum–Brüdern zu geben.

KUNZ. Ich dachte, wenn Ihr mit mir nach Böhmen kommt, dann hat er dort keine Macht. Er müsste mir zuhören. Er müsste …

ALBRECHT. Er müsste uns allen zuhören! Auch wenn ich immer noch Angst vor den Böhmen habe. Aber du beschützt uns doch! *Kunz ist ergriffen. Er kann es kaum glauben, dass dem jungen Albrecht die Situation im Großen und Ganzen bewusst ist.*

KUNZ. Prinz Albrecht … ich habe eine Freundschaft wie die Eure nicht verdient.

ALBRECHT. Jetzt hast du das erste Mal Unrecht!

KUNZ. Schönfels und Mosen haben Prinz Ernst. Sie wollen es offenbar auf eigene Faust versuchen.

ALBRECHT. Dann sind sie schön dumm, nicht weiter mit dir zu reiten! Dieser Schönfels war mir eh' nicht geheuer.

KUNZ. Ich hätte Euren Bruder beschützen müssen!
Ich weiß nicht, was ich tun soll. *Aus allen Ecken
kommen Köhler mit Schürbäumen und richten sie
auf die beiden.*

SCHMIDT. Aber wir! *Erschrocken, die herannahen-
den Köhler nicht bemerkt zu haben, fährt Kunz
hoch. Albrecht ebenso, er klammert sich an Kunz.*

KUNZ. Wer seid ihr? Was wollt ihr?!

SCHMIDT. Müssen wir wirklich erklären, wer und
was wir sind? Jedenfalls keine Pechkocher. *Gelächter.*

ALBRECHT *flüstert.* Das sind Köhler!

KUNZ. Ich weiß, und normalerweise sind sie harm-
los.

SCHMIDT. Na, ich würde sagen, Ihr seid der Grund,
warum das ganze Land verrücktspielt! Im Dorf
unten ist sogar die große Glocke gesprungen, so
heftig war das Sturmläuten wegen Euch.

KUNZ. Und was willst du jetzt machen, Köhler? Mich
mit deinem Schürbaum angreifen? Mein Schwert
macht daraus Kleinholz, also lass es lieber.

SCHMIDT. Ich bin es nicht, der entscheidet, was mit
Euch geschehen wird. Aber der Bruder Rosenkranz, der bei uns zu Besuch ist, der wird es wissen! *Dreht sich nach hinten. Jetzt erscheinen
mehrere Mönche; einer von ihnen spricht.*

ROSENKRANZ. Mein Freund Schmidt, wen umzin-
geln wir den hier?

SCHMIDT. Bruder, das Sturmläuten! Der Gesuchte! Er muss es sein! Ein Kämpfer und ein Knabe, der erkennbar höhere Gewänder trägt als er! Ich fresse meinen Schürbaum, wenn das nicht der Gesuchte ist!

ROSENKRANZ *zu Kunz.* Mein Sohn, seid Ihr der Grund für all das Sturmläuten seit heute Morgen? *An Albrecht.* Und Ihr seid doch gewiss ein Spross höherer Herren?

SCHMIDT. Er hat das Kind entführt! Ohne Zweifel. *Kunz kann nicht fassen, dass ihn erst Köhler und jetzt noch ein Mönch ansprechen.*

KUNZ. Ich will weder gegen arme Köhler noch gegen Mönche kämpfen. *Weitere Männer, Soldaten des Kurfürsten, kommen hinzu.*

HAUPTMANN. Dann kämpft mit uns! Oder noch besser: ergebt Euch.

ALBRECHT. Lasst ihn in Ruhe! Ich bin Herzog Albrecht, Prinz seiner königlichen Hoheit, Kurfürst Friedrich des Zweiten. Und ich befehle Euch allen den sofortigen Rückzug!

HAUPTMANN. Durchlauchtigster Herzog, es ist der Befehl Eures gnädigen Herrn Vaters, des Kurfürsten, dem ich zu Gehorsam verpflichtet bin. Und dieser Befehl lautet, die Entführer aufzubringen, festzunehmen oder wenn nötig zu töten und Euch, gnädiger Herr, unversehrt zurückzubringen!

ROSENKRANZ. Warum stellt Ihr Euch denn Eurer Befreiung in den Weg, mein Kind?

SCHMIDT. Er hat ihn mit Sicherheit verhext, den armen Jungen! Er weiß ja gar nicht, was er redet.

ROSENKRANZ *spricht langsam und eindringlich.* Mein Kind, dieser Mann ist böse. Er ist ein Entführer, der Euch aus Niedertracht von Eurem Vater genommen!

ALBRECHT. Ihr wisst gar nichts! *Es kommen weitere Leute vorbei, angelockt vom Tumult bei den Köhlern. Sie rufen: Sie haben ihn!, Das muss er sein!, Wegen dem ist unsere Glocke gesprungen!, Ja, die hätte fast den Pfarrer erschlagen!, Dafür muss er büßen!*

KUNZ. Lasst gut sein, Albrecht. Ich denke, unser Ausflug endet hier.

HAUPTMANN. Ein vernünftiger Vorschlag.

ALBRECHT. Was? Du bist Kunz von Kauffungen! Wenn du das Schwert schwingst, bebt die Erde! Diese paar Männer sind doch gar nichts für dich. Kunz, du kannst uns hier freikämpfen! Und dann reiten wir nach Böhmen. Ich schaffe das schon. *Albrecht atmet schwer; er merkt bald, dass er von Kunz Unmögliches fordert.* Du musst sie nur ... alle umbringen.

KUNZ. Prinz Albrecht ... wollt Ihr wirklich, dass ich hier jeden Soldaten, sowie Köhler und Mönche töte? Wisst Ihr, was das mit Euch machen wird?

Glaubt mir, dass wollt Ihr nicht sehen. Ich werde Euch dieser Art Abscheulichkeit niemals aussetzen! Es ist vorbei und es wird hier enden. Auch wenn Ihr mich jetzt vielleicht dafür hasst.

ALBRECHT. Kunz, ich werde dich niemals hassen. Aber wenn du jetzt aufgibst, nehmen sie dich gefangen! Und man wird dich verurteilen!

KUNZ. Ich weiß. Aber ich habe zum ersten Mal das erfüllende Gefühl, alles richtig zu machen.

ALBRECHT *schluchzend*. Kunz! *Alle erstarren, bis auf Kunz. Morta kommt hinzu.*

KUNZ. Morta … ich habe mich schon gefragt, ob Ihr mich überhaupt noch einmal sehen wollt. Wie Ihr seht, ist mein Plan gescheitert. Ich fürchte, ich bin nicht der ruhmreiche Kämpfer, den ich Euch versprochen habe. Ich habe tausendjährige Erinnerung bei den Menschen nicht verdient.

MORTA. Ach, Kunz, glaubst du noch immer, ich bemesse Ehre nach gewonnenen Schlachten? Wenn ein so stolzer und unnachgiebiger Kämpfer wie Kunz von Kauffungen es schafft, sein Herz zu öffnen und zu sehen, dass es wichtiger ist, seinen kindlichen Freund, den Prinzen zu schützen. Dass er sich lieber ergibt, anstatt der Seele dieses Jungen Grausamkeiten zuzumuten, wenngleich er dadurch hätte gewinnen können. Dann ist das die Seele, nach der ich gesucht habe. Und die ich von Anfang an wollte. Ehre wem Ehre gebührt, mein Freund.

KUNZ. Ich dachte immer …

MORTA. Wahre Siege entstehen im Herzen, das hast du eben erlebt.

KUNZ. Albrecht wird das nicht verstehen.

MORTA. Er ist stärker, als du denkst. Es geht ihm vor allem um dich, nicht um den Plan, nach Böhmen zu reiten. Du musst nur sein Herz ansprechen, dann versteht er. *Kunz denkt und fühlt über das Gesagte nach. Er lässt alles noch einmal Revue passieren und versteht.*

KUNZ. Dann bin ich bereit, den letzten Weg zu gehen. Soll kommen, was bestimmt ist!

MORTA. Ich werde bald bei dir sein mein Freund. Es wird jetzt nicht mehr lange dauern. *Geht langsam weiter.* Du bist der Erste, der mir bewusst ist, der sich aufrichtig freut, dass der Tod ihn besucht. Gefällt mir. *Freeze löst sich.*

KUNZ. Ihr Soldaten, ich gehe mit euch. Ein Kampf ist nicht mehr nötig. Ich gebe euch mein Ehrenwort. *Er lässt sein Schwert auf den Boden fallen. Einer der Soldaten holt eine Kette, um Kunz zu fesseln.*

HAUPTMANN. Was tust du da?

SOLDAT. Na, wir nehmen ihn mit.

HAUPTMANN. Steck die Fessel weg, das ist Kunz von Kauffungen. Ich habe früher einmal unter ihm gedient. Und wenn er uns sein Ehrenwort gibt, dann glaube ich ihm das.

SOLDAT. Ja, Hauptmann. *Steckt die Kette wieder weg.*

HAUPTMANN. Kunz ... es geht los. *Sieht Albrechts traurigen, fragenden Blick.* Wollt Ihr dem jungen Herrn noch etwas sagen? *Kunz stellt sich zu den Soldaten. Alle sind erstaunt, dass er Wort hält und nicht zu fliehen versucht. Nun gilt es, Abschied zu nehmen von Albrecht.*

KUNZ. Prinz Albrecht ... mein Freund. Ich weiß, wir hatten dieses Abenteuer etwas anders geplant. Aber das Wichtigste haben wir geschafft. Euer Vater wird Euch nun mit anderen Augen sehen. Er wird sich bald fragen, wo er all die Jahre war, als seine Söhne ihn brauchten. *Albrecht umarmt Kunz. Trotz des Abschieds bleibt er stark und nimmt die Situation an.*

ALBRECHT. Leb wohl, Kunz. Ich werde dich nie vergessen!

KUNZ *lächelt Albrecht ein letztes Mal zu.* Ich sage nicht Lebwohl, ich sag auf Wiedersehen. *Der Hauptmann weist mit einer Geste Kunz den Weg, welcher daraufhin losläuft.*

HAUPTMANN *zu den Soldaten.* Behandelt ihn ehrenhaft!

SOLDATEN. Jawohl! *Bis auf den Hauptmann folgen die Soldaten Kunz.*

ROSENKRANZ *ist beeindruckt von Kunz.* Unglaublich.

ALBRECHT *zu Rosenkranz.* Er ist nicht böse, er ist ein Ehrenmann.

ROSENKRANZ. Ja, das ist er.

HAUPTMANN. Eure Hoheit, es ist mir nun eine angenehme Pflicht und eine große Ehre, Euch nach Hause bringen zu dürfen. Ihr Köhler, der eine oder andere von euch sollte uns vielleicht begleiten. Der Kurfürst will euch sicher sehen und hören, was geschah.

SCHMIDT. Es ist uns eine große Ehre, Herr. *Wendet sich an seinen Bruder.* Urban, wir beide begleiten den Herrn Hauptmann. *Die Soldaten, sowie beide Köhler folgen dem Hauptmann nach Altenburg. Die Mönche und das aufgelaufene Volk gehen ihrer Wege.*

Schloss Altenburg. Fanfaren ertönen. Das Tor öffnet sich. Heraus treten zunächst Friedrich und Haugwitz, bald darauf Margaretha und die Kinderfrau.

FRIEDRICH. Hauptmann … Ich hoffe, du hast diesem Lärm angemessene Neuigkeiten für mich?

HAUPTMANN. Jawohl, Hoheit. Die besten!

FRIEDRICH *entdeckt Albrecht erst jetzt.* Albrecht! Mein Sohn! *Friedrich geht zu Albrecht und kniet sich vor ihn. Der Prinz ist sehr ruhig, spricht nicht.* Wo habt ihr ihn denn gefunden? War der Kauffungen bei ihm?

HAUPTMANN. Ja, Hoheit. Am Fürstenberg.

FRIEDRICH. Albrecht? *Prinz Albrecht ist in Gedanken*

bei Kunz. Was hat er denn?

HAUPTMANN. Es ist sicher ein wenig von allem, Hoheit. Er ist einfach erschöpft.

FRIEDRICH. Mein Junge, du kannst dich gleich ausruhen, solange du willst. *Steht auf.* Hauptmann, dir gilt ewiger Dank! Du hast deine Pflicht mehr als erfüllt!

HAUPTMANN. Hoheit, diese Ehre gebührt mir nicht allein. Als wir zum Fürstenberg kamen, hatte eine Gruppe ansässiger Köhler den Kunz bereits umstellt. *Zeigt auf die beiden Köhler.* Diese beiden waren dabei. Darüber hinaus hat sich Kunz von Kauffungen ein letztes Mal wie ein Ehrenmann verhalten. Er hat den jungen Prinzen unbeschadet übergeben und sich gestellt. *Durch das Tor kommen Margaretha, die Kinderfrau und Haugwitz.*

MARGARETHA. Wo denn ... wo ist er? – *Bleibt vor Albrecht stehen.* Albrecht! *Kniet sich hin und umarmt ihn.* Oh, mein Junge! Du bist zurück! Dem Himmel sei Dank! Mein Albrecht! *Margaretha steht auf und blickt Friedrich glücklich an. Dann nimmt sie Albrecht an die Hand.*

ALBRECHT. Es tut mir leid.

MARGARETHA. Was? – Ruh' dich aus, mein Liebling. Du bekommst alles, was du willst. Und wenn du ausgeruht bist, erzählst du uns alles. *Margaretha geht mit ihm ins Schloss. Die ebenfalls glückliche*

Kinderfrau folgt ihnen.

FRIEDRICH. Sag mir, Hauptmann, war denn Prinz Ernst nicht bei ihm?

HAUPTMANN. Ich bedauere, Hoheit. Aber Kunz' Mitstreiter haben ihn wohl. Sie sind auf eigene Faust weiter und haben ihn offenbar verraten. Meine Männer haben Kunz nach Zwickau, zum dortigen Amtshauptmann gebracht. Dem wird er sicher alles erzählen. Und danach wird man ihn bald an ein Gericht übergeben, Hoheit.

FRIEDRICH. Ja ... gut ... Haugwitz?

HAUGWITZ. Hoheit?

FRIEDRICH. Lasst den Männern Speis und Trank herbeibringen. Heute sollen sie feiern. Und sorgt dafür, dass die beiden Köhler eine angemessene Unterkunft erhalten. Wir werden sie morgen ehren.

HAUGWITZ. Ja, Hoheit. Ich werde alles in die Wege leiten. *Damit geht Friedrich zurück ins Schloss.* So, meine Herren, der Kurfürst lädt euch alle zu einem kleinen Dankesfest ein. Mir folgen! *Die Soldaten und die beiden Köhler folgen Haugwitz begeistert. Kurz darauf kommt ein Bote aufgeregt und keuchend herbeigelaufen und wedelt mit einer Schriftrolle.*

BOTE. Hoheit ... Ho ... Ich muss ... den Kurfürsten ... sprechen! ... Den Kur ... *Er keucht, ist außer Atem.*

TORWACHE 1. Was gibt es denn? *Der Bote muss zunächst zu Atem kommen.*

BOTE. Der Prinz ... Der Prinz kommt zurück!

TORWACHE 2. Das wissen wir. Prinz Albrecht ist zurückgekehrt. Das wird hier unten gleich gefeiert.

BOTE. Nein ... nicht der ..., sondern ... Prinz Ernst ... Man hat ihn ... bei Hartenstein ... befreit ... Mein Herr, der ... Herr von Schönburg ... hat ihn freibekommen ... Und ich glaube ... mein Pferd ist tot.

TORWACHE 1. Guter Mann, das sind ja die unglaublichsten Neuigkeiten heute! Kommt, kommt, dass müsst Ihr dem Kurfürsten sagen. *Beruhigt ihn.* Und Ihr bekommt bestimmt auch ein frisches Pferd. *Die Torwache geleitet den Boten aus Schönburg eiligst hinein ins Schloss.*

FÜNFTER AKT

Der Marktplatz von Freiberg. Paukenschläge donnern über das Pflaster. Die Bürger der kursächsischen Stadt kommen von allen Seiten, um der Hinrichtung beizuwohnen. Dann stellen sich der Henker und sein Knecht auf. Die Freiberger Stadtwache bringt Kunz. Priester und Richter erscheinen. Der Richter spricht.

RICHTER. Ut sementem feceris, ita metes. – Als Konrad von Kauffungen in der Nacht vor Kiliani beschloss, seine Königliche Hoheit Kurprinz Ernst und seine Königliche Hoheit Kurprinz Albrecht – die Erben Seiner Gnaden, unseres Kurfürsten Friedrichs – zu entführen, setzte er damit auch den Anfang seines Endes. Eine Fehde anzusagen und den Fehdebrief erst am Abend der Tat beiläufig zu hinterlassen, ist nicht nur infames Handeln, sondern wider das Gesetz! Eine dreitägige Frist im Rahmen des Fehderechts wurde nicht eingehalten. Allein dafür ist der Tatbestand des Landfriedensbruchs erfüllt! Darüber hinaus ist es ein besonders schweres Vergehen, die Hand gegen seinen Fürsten von Gottes Gnaden zu erheben! Konrad von Kauffungen, hiermit verurteilen wir Euch zum Tode durch das Schwert! Möge Gott Euerer Seele gnädig sein. Seine Königliche

Hoheit Kurfürst Friedrich gewährt Euch jedoch gnädig die Möglichkeit, Euer Seelenheil durch eine Entschuldigung zu stärken. Solltet Ihr also noch etwas zu sagen haben, so ist jetzt die letzte Gelegenheit dafür. *Friedrich geht daraufhin zu Kunz.*

FRIEDRICH. Keine Sorge Kunz, ich erwarte keine Entschuldigung. Ich versuche nur zu begreifen, was meine Kinder in dir sehen. *Sieht ihn abschätzig an.* Ich kann den Helden nicht erkennen.

KUNZ. Ich bin kein Held, ich bin ein Freund.

FRIEDRICH. Oh, dann töte ich sogar einen Freund? Zum Ritter sollte ich dich einst schlagen ... *Lacht in sich hinein* ... Albrecht und seine Ideen. Aber das hättest du ja eh abgelehnt, oder? Der Kunz ist niemandes Ritter, der Kunz ist frei ... Du hast dich immer schon für etwas Besseres gehalten! Meine Söhne fordern deine Freiheit. Kann man sich dies nach alledem vorstellen? Hast dich in ihre Herzen geschlichen.

KUNZ. Mein Fürst, die Herzen Eurer Söhne suchen sich selbst jene, die sie hineinlassen.

FRIEDRICH. Und was soll ich jetzt machen? Dich gehen lassen, damit die nächsten Unzufriedenen über die Mauer steigen? *Schüttelt verneinend den Kopf.* Ich muss dich vernichten.

RICHTER. Das Urteil ist nun zu vollstrecken. *Gefasst kniet sich Kunz hin. Der Priester murmelt Gebete*

141

und liest aus der Bibel. Die Prinzen gehen demonstrativ an Friedrich vorbei [während dieser zurückgeht] und verlassen den Markt. Die Kinderfrau ist etwas verwirrt und geht ihnen schließlich nach.

FRIEDRICH. Ernst und Albrecht! *Sie reagieren nicht; er lässt sie grummelig gewähren. Seine letzten Worte an Kunz:* Der Tod ist gleich da, Kunz, um dich mitzunehmen.

KUNZ *muss kurz lachen.* Ich weiß. *Trommelwirbel. Das Richtschwert kommt und bleibt wenige Zentimeter vor Kunz' Kopf stehen. [Freeze]. Kunz, der die Augen fest zusammengekniffen hatte, blickt nun, zunächst zögerlich und ungläubig drein, als er bemerkt, dass nichts geschieht und alles außer ihm wieder einmal erstarrt ist. Kunz hat das Ganze anders erwartet. Nachdem offenbar nichts passiert ist und kein Schwert herniederkommt, öffnet er vorsichtig die Augen. Morta ist da.*

MORTA. Komm. *Reicht Kunz die Hand.*

KUNZ *steht langsam auf, wundert sich.* Ich dachte, ich muss erst sterben, um mit Euch gehen zu können? *Kunz altes graues Gewand bleibt am Richtblock zurück, während sich ein neues, weißes Gewand darunter abzeichnet.*

MORTA. Das bist du.

KUNZ. Ich bin tot?

MORTA *sieht auf das in der Luft stehende Richt-*

schwert. Nun, aus Sicht deines Körpers ... noch nicht ganz.

KUNZ *hat keine Ahnung.* Oh ...

MORTA. Du wirst es sehen. Komm ...

Morta nimmt Kunz kurz am Arm und geht mit ihm zwei, drei Schritte. Dabei löst sich sein graues Gewand vollständig, welches zurück am Hinrichtungsort verbleibt. In diesem Moment verschwinden die sonst den Tod umgebenen Geräusche und machen der üblichen Schauspielmusik Platz. Die Personifizierung des Todes wird nun realistischer und ist nicht mehr so mystisch. Beide gehen langsam vom Markt ab. Wie fühlst du dich?

KUNZ *blickt staunend um sich.* Es ist einfach unglaublich! *Sieht seine Hände und sein leuchtendes Gewand an. Doch ein erneutes „Einfrieren" ist zu hören und Kunz gerät nun ebenfalls zum Stillstand. Es ist Gott.*

GOTT. Ich gratuliere! Du hast ihn mit deinem Eingreifen gerettet. Obwohl es schon ein wenig geschummelt ist.

MORTA. Wenn ich Albrecht nicht im rechten Moment aufgeweckt hätte, wäre es anders gekommen. Er hätte nicht aus dem Fenster geschaut und Kunz nicht gesehen. Ich wollte nicht, dass er die Prinzen aus ihren Betten holen muss. Denn die Enttäuschung in den Augen dieser Kinder hätte ihn bis zum Ende verfolgt. Ich wollte die

Geschichte ändern. Denn er hatte, allen Schlachten zum Trotz, das Potential einer guten Seele.

GOTT. Du beeindruckst mich immer wieder, weißt du das? *Gott klinkt sich wieder aus, doch Morta schafft es erneut nicht, Kunz aus dem göttlichen Freeze zu rufen.*

MORTA. Kunz? – *[nach wenigen Sekunden] – Seufzt. Blickt nach oben; an Gott gerichtet.* Wirklich? Das machst du doch mit Absicht.

GOTT. Bitte benutze das Horn. Ich höre es einfach zu gern.

MORTA. Wie du meinst. *Morta greift erneut zu ihrem Horn und bläst hinein. Wieder ist ein gigantischer, sehr tiefer, eindrucksvoller Ton zu hören. Kunz' Stillstand löst sich wieder. Er sieht sich als Seele und ist erstaunt.*

KUNZ. Ich sehe so viele Dinge. Viel Vertrautes, aber auch viel Neues. Alles sieht so anders aus, besser! *Blickt sich staunend um.* Aber ich kann es nicht verstehen.

MORTA. Ich werde versuchen, dir ein guter Lehrer zu sein und freue mich auf ein gemeinsames Jahrtausend mit dir, Kunz von Kauffungen! *Beide gehen langsam des Weges.* Aber eines musst du mir noch versprechen, wir duzen uns ab jetzt beide!

KUNZ. Sehr gern. *Beide reichen sich die Hände.* Kunz, eigentlich Konrad.

MORTA. Morta, eigentlich Tod.

Kunz lächelt in Richtung des Publikums und bleibt ein letztes Mal stehen. Er verabschiedet sich.
KUNZ. Ihr, die ihr noch lebt, vergesst mich nicht. Denn ich sage nicht Lebwohl, ich sag auf Wiedersehen! *Kunz und Morta verschwinden. Der Freeze der anderen löst sich und die Hinrichtung wird fortgesetzt. Das Schwert geht nieder und ein helles Licht bzw. ein Lichtstrahl hinter der Bühne mit Toneffekt, ist zu sehen und zu hören. Ein Korb, der neben dem Richtblock steht, wird dem Kurfürsten präsentiert. Darin ist tatsächlich ein Kopf zu sehen. Friedrich ist erschrocken und angewidert zugleich. Er verlässt die Hinrichtung ohne Worte. Alle sehen dem Kurfürsten hinterher. Niemand sagt etwas. Die Hinrichtungsszene endet, indem zwei Freiberger Stadtwachen das Gewand aufheben und mitnehmen. Henker und Knecht nehmen dabei die Requisiten der Hinrichtung mit. Leichte Musik. Alle gehen stumm wieder zurück, der Freiberger Markt leert sich.*

Zurück in Altenburg. Friedrich kommt langsam aus dem Haupttrakt des Schlosses. Er sieht kränklich aus. Zweifel und Schuldgefühle wegen der Prinzen und wegen Kunz' Abschiedsbriefes plagen ihn. Haugwitz trägt ihm einen Stuhl hinterher.
HAUGWITZ. Mein Fürst, bitte ... bitte setzt Euch. Ich sehe doch, es geht Euch nicht gut!

FRIEDRICH *nachdenklich.* Ihr erwähntet einen Brief?

HAUGWITZ. Ja, Hoheit, gleich. Aber ich flehe Euch an, setzt Euch. *Friedrich setzt sich auf den Stuhl. Haugwitz reicht ihm einen gefalteten Zettel.* Dieser unversiegelte Brief wurde in den Kleidern Kunz von Kauffungens gefunden. Er muss ihn in den letzten Tagen vor seiner Hinrichtung geschrieben haben ... und ist an Euch gerichtet. Ich denke, Ihr solltet ihn lesen, Hoheit. *Haugwitz zieht sich zögerlich zurück. Während Friedrich den Brief entfaltet, kommen Ernst und Albrecht von der Seite und gehen grußlos an ihm vorbei. Sie lassen ihn unbeachtet. Friedrich sieht ihnen nach.*

FRIEDRICH. Ernst, Albrecht ... meine Söhne. *Erst am Tor schauen sie einmal kurz, jedoch enttäuscht zurück. Sie gehen hinein. Friedrich blickt ebenfalls traurig nach unten. Kurz darauf beginnt er, den Brief zu lesen. Kunz Stimme ist leicht verhallt zu hören.*

KUNZ *nur Stimme,* Mein hoher Fürst, auch wenn die Dinge nun unabänderlich stehen, sei Euch dennoch gesagt, dass ich letztlich auch in Eurem Namen gehandelt habe. Ja, ich wollte die Prinzen entführen, um gegen Euch einen großen Schlag zu setzen. Doch wie kann ich gegen Euch zu Felde ziehen, während Eure Söhne mir ihr endloses Vertrauen schenken? Wie kann ich jemanden hassen, dessen Kinder so wunderbare Seelen sind, dass sie Euch und mich gleichermaßen im Herzen tragen? So kam es, dass ich den im Groll gefassten Plan, abänderte, vor meinen Mitstreitern verborgen. Nun galt es, Euer Herz daran zu erinnern, dass es neben Kriegen und Machtkämpfen jene gibt, die Euch lieben und beinah alles getan hätten, um Euch mit Stolz zu erfüllen. Sie kämpften einst mit mir im Spiele, um Euch zu gefallen. Sie ritten mit mir fort, damit Ihr sie vermisst. Leider merkte ich zu spät, dass einstige Getreue nur ihre eigenen Interessen verfolgten. Doch danke ich Gott, dass Prinz Ernst auf sicherem Wege zurückgekehrt ist. Wenn mich der Sanftmut Eurer Söhne jeglicher Kriegsgedanken berauben und meine Seele befreien konnte, so hoffe ich dies in aller Aufrichtigkeit auch für Euch, mein hoher Fürst. Denn Euch war all dies gewidmet. – Euer ehemaliger Vogt und Hauptmann, Euer Freund in alten Tagen, Kunz. *Mit zittrigen Händen und Tränen im Gesicht faltet Friedrich den Brief wieder zusammen und steht langsam auf. Er geht ein paar Schritte. Hedwig kommt schließlich hinzu und nimmt ihn an die Hand.*

HEDWIG. Vater, kommt.

FRIEDRICH. Hedwig? – Deine Brüder ... ich habe sie verloren. ... Aber nicht durch Kunz ... sondern wegen mir. ... Durch mich selbst.

Die Musik der Prozession beginnt. Hedwig und Friedrich gehen zur Bittprozession, deren Teilnehmer sich bereits aufgestellt haben. Der Stuhl wird zuletzt von den Wachen fortgebracht und sie bilden den Schluss der Prozession. Der Zug setzt sich in Bewegung und umkreist feierlich die Zuschauer.

Der Autor

Christian Weber, geboren 1974 in Altenburg/Thüringen, spielt seit Jahren aktiv in verschiedenen Amateur-Theatervereinen, wie dem Traditionsverein Altenburger Prinzenraub e.V. Nach jahrelangen Recherchen zu den historischen Ereignissen des Prinzenraubes im Jahr 1455, begann er eigene Ideen zu entwickeln und schrieb 2019 sein Debüt-Theaterstück »Kunz und Morta – Eine Prinzenraubgeschichte«, welches 2022 erstmals auf dem Altenburger Schloss zur Aufführung kam.

Derzeit arbeitet er an weiteren Theaterstücken, sowie an Geschichten im Bereich Fantasy und Science-Fiction.